삶이 계절이라면 가을쯤 왔습니다

어느 문화정책학자가 사랑한
시간, 공간 그리고 인간

삶이 계절이라면 가을쯤 왔습니다

푸른길

• 차 례 •

넷. 겨울에는, 고요히 성찰한다

다섯. 환승 레슨

하나,
봄에는, 그리운 사람을

1. 언 땅 뚫고 나온 잔디처럼

지심(芝心)이라는 단어를 오래전에 우연히 본 적이 있다. 추운 겨울을 지난 뒤 언 땅을 뚫고 솟아오를 때 갖는 잔디 풀의 마음가짐을 뜻한다. 뜻이 좋아 여태껏 맘속에 고이 새겨 두고 지낸다. 일본어 사전에서 본 말인데, 우리말 사전에는 나와 있지 않다.

코끼리가 사랑을 하건 싸움을 하건 죽어나는 것은 잔디뿐이라는 속담처럼 잔디는 짓밟아도 늘 무심하게 다시 돋아난다. 그 때문에 우리는 잔디 풀 따위를 하찮게 생각한다. 그러나 그 하찮은 잔디도 생명을 틔우고 세상에 나올 때는 있는 힘을 다해서 솟구치며 나온다. 하찮은 풀의 그 큰 마음이 대견스럽다.

이러한 지심은 진심(眞心)일 수밖에 없다고 나는 생각한다. 겨우내 땅속 깊은 어두운 곳에서 준비했던 에너지를 한꺼번에 쏟아내며 솟구쳐 오르는 그 첫 마음이 어찌 진심이 아니겠는가. 죽을힘을 다해서 솟아올라와 그 첫 마음을 간직하며 살아가는 잔디의 마음은 언제나 소중하고 존중받아야 한다.

진심은 하늘을 감동시킨다는데, 거기에 뚫고 나아가는 지심까지 보태지면 세상엔 안 될 일이 없다. 그런데 지심과 진심을 함께 갖기가 쉽지 않은가 보다. 한쪽은 천성을 거슬러 좀 독해야 하고, 한쪽은 타고나야 하는 것이라 그럴까.

철부지 시절 일본어 사전을 뒤지다 우연히 발견한 말, 지심. 격정의 시절을 다 보내고 이제 귀도 좀 순해지고, 말보다는 사유가 더 많아지는 나이를 지나면서 그 단어가 문득문득 떠오른다. 두 마음의 경계가 무감각해지는 나와 요즘 세태를 보면서다.

콩잎이나 뜯어 먹고사는 나 같은 곽식자(藿食者)들은 잔잔한 호수의 마음으로 하릴없이 세상사를 볼 수 있다. 코끼리들 때문에 잔디나 곽식자의 일상이 힘들다는 사실은 그리 길지 않은 세월에서 실컷 봐 와서 이제 학습이 되었다.

진심 없이 각자 이익만 챙기는 마음으로는 공존·공생은 할지 몰라도 공진화(共進化)에는 절대 이르지 못한다. 부러워할 것이 있어 대놓고 부러워하는 감정까지야 어쩔 수 없지만, 적어도 타인의 발목을 잡아당기지는 말았으면 한다. 잔디의 마음만으로도 세상을 헤쳐 나갈 주인이 될 수도 있으니 말이다.

하늘 위를 날아다니는 독수리는 상대가 만만해 보이면 몸을 던져 낚아채는 냉혈동물로, '독수리의 눈'은 먹잇감만 노린다. 세상에는 독수리와 같은 존재들이 많지만, 이러한 세상에서도 진심은 보상을 받으며 정과 성을 다하는 잔디의 마음으로 어려움을 헤쳐 나간다면 함께 이뤄낼 앞길이 보이기 마련이다.

지심과 진심, 또 이 위에 예술까지 덧칠해진다면 더할 나위 없는 삶의 네비게이션이 될 것이다. 삶의 길에서 서로를 달래 주며 얼러 주는 문화예술의 마음은 삶에 불필요한 많은 것을 그냥 흘려보내는 데 도움을 준다. 잔디가 갖는 마음에 진심을 입히고, 더 나아가 예심(藝心)이 함께 채색되어 지심, 진심, 예심이 어우러지는 멋진 삶을 누구나 꿈꿨으면 한다. 이 세 마음은 언제 어디서나 누구에게나 함께 할 터이니.

2. 엉이와 양이, 추억 친구

어릴 적 마당에서 세수를 하다가 건너편 대숲에 있는 부엉이와 우연히 눈이 마주친 적이 있다. 놀란 나를 녀석이 노려보고 있었다. 어쩌면 처음부터 나를 보고 있었을지 모른다는 의심이 생겨, 세수는 끝났지만 계속 부엉이와 눈싸움 한판을 벌였다. 날씨가 추워 방으로 들어왔지만 들어오면서도 내가 진 것이 아니라고 되뇌었다.

나는 동생들에게도 녀석의 존재를 알리지 않았다. 길을 들여서 내 것으로 만들 심사였다. 궁금해서 조금 뒤에 나가 보니 그 자리에 그대로 있었다. 밖에서 놀다가 집에 들어와 또 보았는데도 그대로 있었다. 나는 녀석이 우리 집에서 함께 살 모양인가 보다고 생각했다.

이제 천천히 볼 여유가 생겼다. 녀석은 눈이 노랗고, 고개를 갸우뚱하고, 울지도 않고, 그 자리에서 멀뚱거리며 멍청히 앉아 있었다. 저 멍청이가 이제 우리의 것이 된 게 분명했다. 밥을 어떻게 먹이고, 잡아 와 어디에 넣어 기를지, 상상만으로 즐거웠다. 그런데 다음 날 이른 아침, 녀석이 보이지 않았다. 횅한 대나무 가지를 보고 나서야 나는 비로소 녀석이 '우리 것'이 아님을 알게 되었다. 차라리 한판 싸움을 벌여서라도 묶어둘 것을 … 그러지 못한 것이 아쉬웠다.

여기저기 눈을 굴려 대밭을 헤쳐 보았지만 흔적도 없었다. 그 뒤로도 다시 볼 수 없었다. 배신이라고 결론을 내리고 잊으려 했지만 내 눈은 날마다 녀석이 앉아 있던 자리를 향했다. 통보조차 없이 떠나간 '엉이'…. 녀석이 남겨 준 짝사랑의 상처는 어린 나에게 제법 오래갔다.

어릴 적 고양이를 처음 가까이서 본 것은 할머니를 따라 간 절에서였다. 할머니를 따라 부처님께 절을 하는 내내 녀석이 저만치에서 물끄러미 나를 쳐다보는 것이었다. 절을 한 번 하고 나서 보면 나를 보고 있고, 또 한 번 하고 나서 보아도 역시 나를 보고 있었다. 가까이에서 그토록 노려보고 있어 무서웠고, 갑자기 달려들어 할퀼 것만 같았다.

아무래도 절을 다 하고 나면 반드시 녀석과 결판을 지어야겠다고 생각했다. 그런데 끝나고 막상 녀석을 찾으니 녀석은 멀리서 큰 스님이 "나비야" 하고 부르자 냉큼 그곳으로 가 버리는 것이었다. 엥~ 고양이를 나비라니, 참 웃기는 이름이네. 한판 승부는 싱겁게 끝이 나 버렸다. 그래도 생각해 보면 '양이'의 알록달록 옷 색깔만은 오래도록 머릿속에서 지워지지 않았다.

어른이 되어 동물원에서 낮에 본 부엉이는 부스스하고 어릴 적 본 '엉이'처럼 샛노란 눈도 아니었다. 야생에서만 빛나고, 나름 정기 있던 모습은 아침까지만 유효할 뿐인가 보다. 낮에는 그저 불어 터진 풀때죽으로 보여 참으로 볼품이 없었다.

그런데, 나중에 얻은 상식으로는 부엉이가 낮에는 자기보호를 위해 깃털을 치켜세우고 잔뜩 긴장상태에서 방어를 하느라고 볼품없이 된단다. 더구나 녀석들은 성미조차 고약해서 제가 낳은 알을 품지도 못한단다. 그래서 남의 둥지에 슬쩍 알을 낳고는 나 몰라라 한다고 한다. 하는 일이라고는 눈에 잔뜩 힘만 주고 좌우로 굴리는 정도인 것이다.

혹시 어릴 적 그 녀석도 대숲 어디엔가 슬쩍 알을 낳아 두고 혹시 내가 어찌할까 봐 그렇게도 나를 노려본 게 아닐까? 아무튼, 일찍 이별하기 참 잘했다. 의리라고는 눈곱만큼도 없는 그런 녀석과는.

내친김에 '양이' 녀석 흉도 좀 보자. 고양이는 배고프거나 발정이 날 때만 운다고 한다. 그 밖에는 울지 않는 생존 본능을 갖고 있다고 한다. 어릴 적 보면 시도 때도 없이 울어 대는 줄 알았는데 결국 늘 허기져 있었다는 것인가. 잘 울지 않는 녀석을 항상 울기만 한다고 느끼게끔 만드는 고양이의 울음소리, 그 생존 본능의 서글픈 쇼를 곱씹어 볼 여지가 있다.

고양이나 부엉이는 밤을 기다려 본색을 내보이는 점에서 같다. 밤의 정적을 이용해서 고양이는 귀를 세우고, 부엉이는 눈을 부릅떠 능력을 발휘한다. 밤이 되기를 기다려 날개를 펴는 미네르바의 부엉이는 정의를 실현하려는 움직임 때문에 사랑을 받는다지만, 대나무 숲 '엉이'는 나에게 샛노란 추억을 선물해 주었기에 내가 사랑을 주는 야생의 친구다.

이런 야행성 동물은 최소 행동이 본능인가 보다. 새끼 부화까지 다른 종족에게 위탁하고, 울음으로 사랑을 일으키거나 먹거리를 얻어 내는 것 외에는 대화조차 하지 않는 야행 동물. 그런 부엉이나 고양이 녀석들에게 쉽게 잡히는 쥐는 또 무슨 운명을 타고났길래 이 밤도둑들에게 밤낮으로 쫓기며 헐떡이고 사는가.

내 어릴 적 '깜짝 친구'였던 엉이와 나비라 불리는 양이는 함께 놀지 못한 아쉬움보다 그래도 그때의 상큼했던 추억으로 남아 있다.

3. 산은 푸르고 꽃은 타네

'봄'이라는 말이 혹시 무엇을 '본다'는 소리에서 온 것은 아닐까. 그래서 그런지 봄은 아무래도 우리 눈이 먼저 반긴다. 녹색 잔치가 시작되면 시각이 문득 일어나 앞서 밖으로 나선다.

살짝 고개를 밀고 나온 연녹색 새순. 그 여린 녹색이 귀엽게 '봄짓'이라도 살랑대면, 우리 맘도 여리디 여린 잎을 따라 가벼워진다. 햇빛 샤워를 마친 잎에서 퍼져 나오는 봄 향기가 우리를 더 순하게 만드는지도 모르겠다. 산과 들은 그 연녹색을 밑바탕으로 붓칠을 시작한다.

길고 긴 겨울이 끝나지 않을 것처럼 기승을 부리더니만, 어느새 새봄이 우리 곁에 바짝 와 있다. 색색의 봄 전경이 팔레트라면 누구라도 화가가 될 것 같다. 시원한 눈맛만으로도 색을 골라낼 수 있으니 말이다.

봄을 노래하는 시는 그래서 마음에 그리는 '글자그림' 엽서인 듯싶다. 언어가 색이요 마음이 캔버스인 수채화다. 글자 몇 개로 뜻과 색을 함께 나타내는 한시는 화가 시인에겐 더없이 신나는 놀이다.

전문가가 번역해 놓은 한시를 나름대로 맛을 살려 혼자서 되새김질하곤 한다. 문외한이지만 번역된 당나라 시 읽기를 즐겨 당 시 책을 몇 권 가지고 있다. 심심할 때 펼쳐 놓고 자구를 짚어 가며 읽을 때면 글쓴이의 아련한 맘속으로 파고드는 기분이다. 원문에 충실한 책은 그것대로, 시적 감성을 덧칠한 책은 또 그것대로 맛깔스럽게 다가온다.

이 봄, 문득 두보의 시에서 참으로 절묘한 색감을 찾아볼 수 있었다.

江碧鳥逾白(강벽조유백) 강이 푸르러 새는 더욱 희고
山靑花欲然(산청화욕연) 산이 푸르니 꽃이 타는 듯하다.
今春看又過(금춘간우과) 이 봄도 바라보는 가운데 또 지나가니,
何日是歸年(하일시귀년) 어느 날이 돌아갈 해일까?
(임창순,『당시정해』, 소나무, 60쪽)

두보 역시 이 시에서 화가적 상상을 글자로 그려 놓은 듯하다. 푸른 강 언덕을 나는 새, 남빛 강물에 비쳐 더욱 하얗게 보이는 새를 나타낸 첫머리 두 구절에서부터 한 폭의 그림이다. 푸른색, 남빛 강, 하얀 새가 극적으로 대비를 이루며 표현되고 있지 않은가.

두 번째 구절은 푸른 산에 화려한 꽃들이 타는 듯 붉게 다투어 피는 화사한 모습이다.

짧은 이 두 구절 안에서 많은 대구를 찾을 수 있다. 강의 푸른색(碧)과 산의 푸른색(靑)은 어떠한 차이길래 이렇게 나란히 세워 대비시키면서 강조하고 있을까. 물론 파란 강물과 푸른 산의 차이겠지만, 청록색 벽(碧)과 옥빛 강물을 그림처럼 나타내고 거기에 푸른색(靑)은 따로 칠하고 있다.

두보는 눈에 보이는 색뿐만 아니라 마음의 색도 잘 그리고 있다. 벽과 청뿐만 아니라 강과 산을 함께 그려 넣어 색감을 더욱 도드라지게 한다.

옥빛 강물 위를 유유히 나는 새, 푸른 산을 휘감고 도는 붉은 꽃들은 일상에 찌든 이들이 훌쩍 떨치고 나아가고 싶은 마음의 이상향이다. 단 하루만이라도 맘 편히 머물고 싶은 마음속 그림이다. 떠돌이 인생 두보의 마음속에서 일렁이던 이상향.

두보의 이 시에 나타나는 그림은 극히 대조적이다. 강(江)과 산(山), 새(鳥)와 꽃(花), 이 봄(今春)과 어느 날(何日), 지나가는 것(過)과 돌아갈 것(歸)을 조각무늬그림처럼 늘어놓고 맞춰 가고 있다. 색색 퍼즐을 맞추듯이, 화투 그림을 보듯이, 그래서 전체로 하나의 수채화를 완성해 낸다.

잘 알려져 있듯이 두보는 평생 떠돌이였다. 멋지게 표현하면 유랑객이었다. 길을 걷거나 배를 타며 살다가 배 안에서 삶을 마쳤다. 끝없는 여행 속에서 철 따라 바뀌는 산천경개의 색감을 그 누구보다 잘 느꼈을 것이다. 아울러 가장 적절한 언어를 골라 그렸을 것이다.

머리로 쓴 시가 아니라 걸으며 가슴으로 쓴 시, 손가락 끝이 아니라 온몸으로 그린 시라서 더 와닿는다. 두보의 시를 따라 산책하다 보면 극사실화 같은 그림을 만나는데, 자연을 사랑하는 이라면 누구나 두보가 말하는 바를 쉽게 떠올려 곧 그가 그려 놓은 그림에 빠져들고 말 것이다.

절제된 언어로 그린 한시를 좀 잘 읽을 수 있으면 좋겠다. 그 탁월한 언어 선택과 조어 느낌을 온전히 받지 못한 채 좁은 안목으로 밀쳐 내고 남은 것만 가지고 맛을 보니 늘 아쉽다. 시간이 벌려 놓은 숨겨진 뜻도 다 얻지 못해 아쉬운데, 능력 부족으로 곁에 가까이 가지조차 못한다니 더 안타까울 뿐이다. 좋은 곳, 멋진 풍경은 언제나 표현 욕심을 자극한다. 이 봄, 부족한 능력을 또 하나의 번민으로 남겨 주는구나. 번민을 부르는 계절도 사랑해야 하니….

바람이 심하게 분다.

東風不爲吹愁去
春日偏能惹恨長
동쪽 바람 불어와 이내 근심 다 쓸어가련 생각했더니
봄날, 길고 긴 시름만 더 얹어 주고 가누나
(가지, 「春思」의 뒤 구절)

이 봄 시름
나보고 어쩌라고, 어쩌라고…
그래도 봄이 고맙고
이 바람을 몰고 와
비 내려 줘 더 고맙고…
이제 녹색 짙어진 숲속으로
그냥 가 보자
천천히, 묵묵히

4. 복숭아꽃, 어머니꽃

뱃속에 나를 가진 갓 스무 살 된 어머니는 복숭아가 제일 먹고 싶었단다. 그런데 어느 날 당숙 댁에 가셨는데 집 울타리 곁 복숭아나무에 마침 잘 익은 복숭아가 주렁주렁 매달려 있어 그저 보는 것만으로도 맘이 흐뭇하고 설렜단다. 이 맘을 헤아리기라도 한 듯 당숙모님께서 한 바구니 가득 복숭아를 따 와 앞에 놓아 주셨단다. 그런데, 반갑고 먹고 싶고 그랬지만 어린애를 가진 것이 티 날까 부끄러워 많이 못 드셨단다.

지금도 복숭아를 드실 때마다 65년도 더 넘은 그때가 참 아쉬웠다는 말씀을 하신다. 그때 많이 드셨더라면 내가 좀 미남으로 태어났을 텐데.

복숭아의 어떤 맛을 어머니는 즐기실까. 내 눈에 젊은 어머니는 복숭아꽃처럼 화사했다. 어머니는 지금도 복숭아를 좋아하신다. 말랑말랑한 복숭아, 나도 덩달아 좋아하게 된다. 그래서 복숭아꽃을 내 '어머니꽃'으로 부른다.

혜경궁 홍씨가 복숭아를 좋아했는지는 모르지만, 정조대왕은 복숭아꽃 3천 송이를 어머니께 바치는 헌화식을 연 적이 있다. 물론 그 꽃은 종이로 만든 것이었지만, 실물 복숭아도 잔뜩 한상 차렸었다. 이처럼 헌화하며 멋진 잔치를 벌여 불로장수를 기원한 것은 화성행궁에서 혜경궁 홍씨의 환갑연을 열 때였다.

그 환갑연이 어디 보통 환갑연이던가. 남편 사도세자가 죽은 지 32년 만에 처음으로 남편의 무덤을 찾아가 본 그 해였으니 꽉 막혀 있던 그 가슴을 복숭아꽃 3천 송이가 뻥 뚫어 줬으리라.

불로장수한다는 복숭아, 그리고 아들의 그 '꽃심' 덕분인가. 한중록을 가득 채우고도 남았을 한 많은 삶을 지나며 속이 문드러졌을 텐데도 정조 어머니 혜경궁 홍씨는 81세까지 장수했다. 그리고 뒷날 사람들은 이 꽃을 정조대왕의 '효도화'라고 부르게 되었다.

복숭아는 예전부터 아름다움과 더불어 불로장생의 상징이었다. '복숭아꽃 피는 언덕'은 그래서 늘 이상향으로 표현되었다. 어린 시절 오후 5시면 울려 퍼지던 어린이 방송에서 제일 많이 듣던 노래는 '복숭아꽃 살구꽃 아기 진달래~'였다. 우리는 복숭아꽃 만발한 언덕을 저절로 떠올리며 그 노래를 목청껏 따라 부른 것이다.

안평대군이 꿈에 그리던 신비로운 경치를 그린 안견의 「몽유도원도」는 복숭아꽃 만발한 이상향을 나타낸다. 대군뿐 아니라 걸출한 석학 20여 명이 친필로 글을 새겨 놓아 더 값진 작품이 되었다. 무릉도원이라든가 삼국지의 도원결의가 바로 이러한 복숭아의 정기를 나눠 받는 현장이었다.

종이 위에 복숭아 농사를 지은 그림 중 최고는 이중섭의 그림이다. 친구 구상이 병원에 입원해 문병을 가야 했던 이중섭은 돈이 없었다. 과일 바구니라도 사 가야겠지만 그럴 수는 없고, 차마 빈손으론 갈 수 없어 종이에 천도복숭아를 그려서 갔다. 퀴퀴했던 병원은 금세 생기가 넘치고, 구상의 얼굴에도 복숭앗빛 화색이 돌았다. 참으로 인간적인 그림이다.

눈으로 복숭아를 먹고 또 먹었을 테니 복숭아의 기운을 얻어 금방 일어나 퇴원했을 것이다.

푸른 기운이 돋는 초봄이다. 꽃 축제가 우리를 설레게 한다. 얼었던 땅을 녹이는 이 꽃들 가운데 어느 꽃인들 반갑지 않겠냐만 과일을 잉태한 꽃이 제일 아름다울 것이다. 붉은빛 도는 복숭아밭에서 펼쳐지는 복숭아꽃 축제가 전국 곳곳에서 열린다. 새해의 기운이 불끈 솟구친다.

실제 복숭아가 치렁치렁 매달릴 때 복숭아 축제를 다시 즐길지언정 지금은 이 봄 복숭아꽃 축제가 더 정겹다.

온몸으로 나를 품으셨던 스무 살 어머니 맘처럼.

어머니, 어머니, 우리 어머니.

5. 시간변주곡

중국 초나라 남쪽에 사는 거북이는 500년 단위로 봄, 가을을 세며 살았다는 전설이 있다. 인간은 30년을 한 세대로 나눠 살아가는데도 어떤 이는 인생이 길다고 하고, 어떤 이는 짧다고 한다. 내가 졸업한 시골의 초등학교는 설립 100주년을 맞아 여러 가지 의미 있는 일을 벌이고 있다. 면 단위 박사가 전국 최고라고 해서 박사골로 불리는 곳, 어릴 적 뛰놀던 그 조그마한 학교 운동장에서 말이다.

개인이 지나 온 100년의 시간은 신나고 때로는 구슬픈 노랫가락이다. 각자 걸어온 길이 다르니 구구절절 이어지는 노래 가사도 똑같지 않을 것이다. 그러니 수많은 변주곡이 만들어지지 않겠는가.

그 인생의 노래, 함께 부르면 합창이 되고 그 안에 담긴 구슬프고 아름다운 사연들은 어느덧 한바탕 웃음 아니면 긴 한숨이 되어 노래 속에 파묻힐 것이다. '시간이 만들어 준 변주곡'은 그렇게 모두 아름다운 무지개 꽃이다.

우리 마음속 고이 간직되었던 원곡은 저마다의 인생길에서 끝없이 변주된다. 변주곡을 또 다른 변주곡으로 채워 가며 우리는 세상을 이처럼 키워 왔다. 졸업생 숫자만큼이나 많은 그 변주곡들의 원곡은 어떤 것이었을까. 무엇을 원곡으로 해서 만들어진 변주곡인가?

많고 많은 변주곡의 원곡은 바로 초등학교 시절의 해맑은 얼굴들이다. 순수하고 청순했던 마음씨들이다. 흘러내리는 코를 저고리 자락으로 닦아 내고는 씨익 웃던 그 얼굴이 우리네 삶을 이어 온 원곡이다. 천사 같은 친구들의 모습이다.

그 원곡이 훌륭해서 각자의 노래가 아름다울 수 있었을 것이다. 맑고 푸르렀던 고향의 하늘색, 거침없이 내달리던 고샅길, 졸졸 흐르던 개울물이 바로 우리들 삶의 원곡이다. 그 원곡은 생활의 길잡이로 삼기에 충분했고 훌륭했다.

우리 벗님들은 1960년대 초중반에 초등학교를 다녔다. 위아래로 시간을 거슬러 생각해 보면 전쟁은 끝났지만, 나라를 세울 준비를 다지던 때라 모두가 허기진 때였다. 그렇다, 우리들의 원곡은 허기지고 추웠다.

그래서 어린 시절 이야기는 그저 허기를 채우는 이야기가 대부분이다. 숙직실 가마솥에 물과 우유를 가득 넣고 팔팔 끓여서 만든 돌덩어리 같은 우유뭉치는 여럿이 나눠 먹기 좋은 고급 간식이었다. 겨우 순이 올라온 삐비는 껌을 대신해 줬고, 학굣길 오가며 벌이던 고구마 서리는 허기도 채워 줬지만 악동들의 스릴 넘치는 성장게임이었다. 그때 허기진 어린 왕자 혀에 돋아난 맛돌기(미뢰)가 오늘날 허다한 삶의 줄기로 내려와 있다.

가을은 풍성했고, 운동회는 최고 잔치판이었다.

"엊저녁 꿈에도 삼계 이기고, 오늘도 우리 삼계 또 이기네-"

교가도 없어서 이를 대신했던 응원가를 목이 터져라 불러 대고서는 꿈에서도 또 불러 대던 우리, 다음 날 운동장 청소 때면 삶은 밤 껍질 때문에 싸리비질이 안 될 정도였어도 그저 좋았던 운동회, 잔디 씨며 싸리꽃 씨를 훑으러 산을 타고 수업 대신 들판에 나가 벼 이삭을 주울 때면 불평도 많았지만 함께 장난치며 논바닥을 뒹굴던 친구가 마냥 좋았던 시절….

붉은 벽돌 공회당 건물에 써진 페인트 글씨 '재건'을 먼저 본 사람이 '재건 방구'라고 소리치면 꾸벅 절을 해 주고, 지나가는 버스를 보고 '버스 방구' 소리치면 또 절을 해 주는 놀이는 어디서 시작되었는지. 겨울 방학을 시작할 무렵 첫눈을 기다린 것은 학교 앞산에서 벌이는 토끼몰이 때문이었고, 썰매를 만들려고 유리창 레일을 잘라 가려는 눈치 경쟁도 치열했었다.

그로부터 50년도 더 훌쩍 지난 지금 원곡 못지않게 아름다운 변주곡을 부를 수 있는 것은 그것이 시간변주곡이기 때문이다. 우리 지내 온 나날들이 모두 다 아름답지만은 않겠지만, 시간이라는 어머니가 만들어 주신 포근한 솜이불이 감싸 주었기에 견딜 만했던 것이다.

그래서 나는 아름다운 어린 왕자 시절을 '원곡'이라 부르고, 그 뒤를 이어 변치 않는 아름다움으로 우리를 빛내 준 삶들을 '변주곡'이라 부른다. 시간이 빨리 흘러가고, 세상이 혼란스러우니 원곡이 더욱 그립고 어느 때는 새삼 고맙기까지 하다. 옛 생각이나 모습을 부끄럽게 여기는 이들이 있겠지만, 50년 훨씬 이전 초등학교 시절의 우리 모습은 추억 이상의 생생한 '역사'다.

이제 남은 시간은 우리 편이 아닐지도 모른다. 새로운 가사를 지어내 곡을 만들거나, 때깔 나는 곡조를 생각해 내기가 쉽지는 않을 것이다. 그러나 좀 더 진중하고 멋지게 남은 삶을 노래해야겠다.

봄이 오고 있다. 맑은 하늘가에 구름처럼 흘러가는 초등학교 시절을 떠올리며 '우리의 노래' 하나 만들어 친구들과 함께 목이 터지도록 불러 보고 싶다.

아니 그 시절 '어린이시간' 방송이 시작되면 스피커를 타고 흘러나오던 그 노래여도 좋겠다.

"꽃과 같이 고웁게, 나비같이 춤추며 아름답게 크는 우리… 웃음의 꽃 피어나리."

이제 어린 왕자들에게 남겨진 시간의 변주곡은 웃음꽃으로만 피어나기를.

6. 감동유산

유네스코에서는 여러 가지 유산을 발굴해 길이길이 보존하는 일을 한다. 세계문화유산, 인류무형문화유산, 세계기록유산 같은 유산 발굴·인증·보존 사업이다. 어느 순간의 모습을 인류 공동의 자산으로 기억하게 한다.

이 멋진 활동 속에 나는 새로운 사업을 하나 더 제안하고 싶다. 바로 '세계감동유산'이라는 것이다. 나에게 추천을 부탁한다면 '인간과 동물 사이의 감동 스토리'를 맨 먼저 추천하고 싶다. 인간과 동물 사이의 감동적인 이야기들 중에는 시간이 흘러도 변치 않을 뿐만 아니라, 시간이 흐를수록 그 감동이 더 뚜렷해지는 것들이 있다.

어떤 감동은 들어와 마음에 내려앉으면 떠나지 않고 시간이 지날수록 증폭된다. 우리 아이들은 어릴 때 키우던 하얀 문조새를 오래 기억한다. 10여 년이 지난 요즘에는 자그마한 책으로 만들면서까지 그 추억을 되새김질한다. '문조'는 태어나면서부터 가족들의 손 위에서 놀던 이른바 '손노리개'였다. 녀석은 함께 있을 때도 그랬지만 사라진 지금까지도 그 기억만으로 가족들을 뭉치게 한다.

하루하루가 롤러코스터를 타듯 긴장으로 힘겨운 세상이라 그런지 반려동물과 함께 살며 위로받는 사람들이 늘어나고 있다. 강아지와 사람 사이의 감동적인 이야기로 유명한 곳을 몇 군데 다녀온 적이 있다.

먼저는 에든버러의 '바비동상'이다. 바비(Greyfriars Bobby)는 존 그레이 목사의 사랑을 받던 개다. 그런데 주인인 목사가 죽자 그레이프라이어스 교회에 있는 그의 묘를 이 개가 지켰다. 사람으로 말하면 이른바 '시묘살이'를 한 것이다.

감동은 감동을 낳고 화제로 이어지는 것은 당연한 일. 소문을 들은 동네 사람들이 나서서 그 기특한 녀석에게 밥을 주고, 예방주사도 맞혔다. 바비는 그렇게 매일같이 묘를 지키다 세상을 떴다. 사람들은 죽은 바비를 목사의 무덤 옆에 정성껏 묻어 주었다. 그러고는 교회 앞 길가에 동상을 만들어 주었고, 그 동상이 지금껏 자리하고 있는 것이다.

동상으로 부활한 개는 이제 주위 상점들에 손님을 불러다 주는 안내견이 되었다. 바비라는 이름을 쓰는 가게들이 하나 둘 늘어 갔고, 색다른 볼거리를 찾는 사람들 덕분에 동상 주변 상점들은 쏠쏠히 재미를 보았다.

동상 바로 앞 술집 사장은 자기네 가게를 쳐다보고 오뚝 서 있는 바비가 그렇게 자랑스러울 수 없었다. 그런데 으쓱하던 마음은 얼마 뒤 불편해졌다. 가만히 보니 사람들은 동상에서 바비의 얼굴 사진을 찍는데 그러면 사진에는 자연히 건너편 가게만 찍혀 나오는 것이었다. 이를 눈치챈 술집 사장이 동상의 머리를 반대로 돌려 다시 제작하게끔 했다는 우스개도 전해진다.

몇 년 전에 다시 그 동상을 찾았다. 그때 바비 현장학습인지 자기 강아지를 데리고 와서 그 곁에서 사진을 찍는 사람들을 많이 볼 수 있었다.

에든버러에는 수려한 자연, 고풍스러운 시가지, 페스티벌 같은 볼거리가 지천인데도 사람들은 이 초라한 동상을 꼭 거쳐 간다. 감동은 세월을 타고 내려와 가슴을 적신다. '감동유산'은 명품이 되어 지금 이 동네 사람들을 먹여 살리고 있다.

시부야역은 도쿄에서도 혼잡스럽기 이루 말할 수 없는 곳이다. 한번은 시부야에서 약속이 있어 역 앞 '하치코 동상'에서 만나기로 했다. 하치코 출구를 따라서 밖으로 나오면 동상이 있는데, 약속을 기다리는 젊은이들로 난리 법석이었다.

동상에는 감동 스토리를 친절하게 새겨 두었다. 동경제국대학 농학부 교수였던 우에노 히데자부로는 선물받은 개 한 마리를 하치(八)라 이름 붙이고 사랑으로 키웠다. 그 정을 아는 개는 날마다 시부야역 앞에 나가서 퇴근하는 교수를 기다렸다가 함께 집으로 돌아오곤 했다. 그 숨바꼭질 같은 '까꿍 놀이'는 일상의 소소한 기쁨이었다.

그러던 어느 날 집을 나온 교수가 학교에서 수업 중 갑자기 쓰러져 죽게 되었다. 이를 알 리 없는 하치는 비가 오나 눈이 오나 매일 역 광장에 나가서 주인을 기다렸다. 이 가슴 아픈 사연은 곧 전국적으로 화제가 되었다.

그로부터 10여 년 뒤, 기다림에 지친 늙은 하치는 죽고 그 자리엔 기념 동상이 세워졌다. 동상은 주민들에게 아쉬운 한편 큰 기쁨이 되어 주었다. 하치코가 주인을 기다리던 그곳은 오늘날 명소가 되어 누군가를 기다리는 약속 장소로 사랑받고 있다. 감동이 유산이 되어 지역 명소로 자리 잡은 것이다. 하치코 출구에는 개의 브랜드를 입힌 기념품들이 즐비하다. '하치코 이야기'는 할리우드에서 영화로 리메이크되기도 했다. 감동은 먼 나라까지 뻗어 가며 아름다운 변주곡들로 연주되고 있다.

오사카에 있는 이누나키산(犬鳴山)이 내 호기심을 발동시킨 것은 순전히 '개가 울며 짖어 댄 산'이라는 이름 때문이었다. 주섬주섬 챙겨 들고 물어물어 찾아가 보니 역시 이 산속에도 개에 담긴 사연이 전해 내려오고 있었다. 근처에 살던 어느 사냥꾼이 하루는 애지중지하던 자기 사냥개를 데리고 나가 숲속을 뒤지고 있었다. 이윽고 사슴 한 마리를 발견하고는 신중하게 겨냥해서 방아쇠를 당기려는데 느닷없이 개가 컹컹 짖어 대는 게 아닌가. 사슴은 놀라 달아나고, 사냥꾼은 순간 화가 머리끝까지 치밀었다. 화를 주체하지 못한 사냥꾼은 그만 개에게 총부리를 돌려 그대로 쏘아 버렸다.

진실은 시간을 기다릴 필요가 없었다. 사실 사냥개는 주인을 물려고 달려드는 큰 뱀을 향해 짖었던 것이다. 그 사정을 몰랐던 주인은 제 가슴팍을 치며 안타까워했지만 이미 저질러진 비극을 되돌려 놓을 수는 없는 노릇이었다. 개를 묻어 주고 사랑을 살생으로 되돌려 준 모진 죄를 받기 위해 시포류지(七寶龍寺)라는 절을 세워 중이 되었다.

그 동상 앞에 놓인 꽃과 그 절을 찾는 사람들을 보면서 조건 없는 사랑을 쏟아 주는 반려동물의 이야기를 거듭 생각하지 않을 수 없다. 오사카의 이즈미사노 시는 이누나키산을 브랜드로 만들어 홍보에 활용하고 있다.

야생에서 거친 삶을 사는 동물 가운데서 맨 먼저 길들여져 인간과 함께 살게 된 동물이 바로 개라고 한다. 본능이든 사랑이든 감성을 흔들어 놓는 개의 애교에 인간들은 몸과 마음과 지갑을 홀딱 빼앗기고 만다.

천년 전에 주인을 살리려고 몸부림치며 제 몸을 불태웠던 오수(獒樹) 개의 감동은 『보한집』에 실려 전해 내려오면서 유산이 되었다. 그 지역은 지금 충견, 명견 브랜드를 바탕으로 테마파크를 만들고, 애견용품을 생산하거나, 의견 공원 묘지를 만드려고 한다. 경견장을 만들어 홍콩처럼 경견 경기로 사람들을 불러 모을 궁리도 하고 있다.

지금은 '감동 행복 시대'이다. 여행은 감동 체험을 얻는 활동으로, 문화 바탕의 콘텐츠 산업은 감동 산업으로 바뀌고, 지역의 자치 행정조차도 감동 행정으로 바뀌고 있다. 천년 전에 주인을 구하던 개, 그가 남겨 준 감동유산이 그 지역도 구해 줄 수 있지 않을까.

7. 이야기 좋아하면 부자된다

스마트폰 용량이 꽉 차서 사진을 정리하는 게 좋겠다 싶어 딸에게 사진 옮기는 작업을 부탁했다. 사진을 골라내려고 뒤적거리던 딸이 갑자기 놀라 소리를 지르기에 가 보니 산소 이장 때 찍어 둔 할머니 유골 사진이었다. 몇 조각 유골 사진으로만 남아 있는 할머니에 대한 아스라한 추억은 할머니가 나의 '이야기 꿀단지'였다는 것이다.

초등학교 들어가기 전부터 이야기를 들려 달라고 할머니께 떼를 쓰는 것이 내 재롱 떨기 특기였다. 그러면 할머니의 서두는 꼭 이랬다.

"이야기 좋아하면 가난하게 산다는디."

그러시면서 몸을 일으켜 시렁 위에서 책더미를 꺼내시고는 거기서 읽을 책을 고르셨다. 할머니는 반짇고리 옆에 책고리를 만들어 누런 기름종이 책이 무슨 보물인 양 간직하셨다. 할머니 무릎에 누워 듣는 이야기는 몇 줄만 들어도 잠이 솔솔 쏟아졌다. 당시 읽어 주시던 책 이름은 『유충렬전』이었는데, 내용을 다 알게 된 것은 어른이 되어서였다.

할머니는 『유충렬전』을 직접 필사본으로 만들어 보관하셨다. 그리고 홀로 외로운 시간에 동무 삼아 꺼내 들고 보셨을 게다. 설을 쇠고 난 뒤 동네 할머니들이 모여 한가롭게 노실 때도 할머니는 다른 할머니들께 이야기책을 읽어 주셨다.

"아이고, 저러언, 끌끌끌, 에이."

추임새를 넣는 할머니들이 있는가 하면, 한쪽에 드러누워 잠만 자는 할머니도 계셨다.

이런 모습은 초등학교 들어간 뒤부터 이제는 내가 할머니께 책을 읽어드리는 풍경으로 바뀌었다. 할머니는 '신식 책' 이야기도 좋아하셨다. 언젠가 "비행기는 소리만 남기고 사라졌습니다"라고 읽어드리자, 그 대목에 공감하셨는지 "아이고 참 좋게 지었네"라고 말씀하신 기억도 난다. 재미있게 잘 썼다는 뜻이다.

부지런히 일해야 입에 풀칠이라도 하던 시절을 지나셨던 할머니께서는 이야기 좋아하면 가난하게 산다고 걱정하셨는데 이제는 많은 세월이 흘러 스토리를 이리저리 활용해 돈을 버는 세상으로 바뀌었다. '이야기가 확실히 밥 먹여 주는' 세상이다.

모든 엔터테인먼트에서 스토리 없는 콘텐츠는 '펭귄의 날개'나 마찬가지다. 이야기 만들기, 이야기 나누기는 이제 모든 산업에서도 맨 앞줄에 서 있다. 미국 의과대학의 '이야기 의학(narrative medicine)' 수업은 환자에게 어떻게 설명하며 진단할지를 학습하여 새롭게 각광받는다고 한다. 시골 농사꾼의 과일상자에도 이야기가 주렁주렁 매달려 있다.

그런데 스토리텔링에서는 텔링이 스토리보다 더 중요하다. 텔러의 역량이 대부분을 차지한다. 우리 근대화 역사기에 등장하는 전기수(傳奇叟)가 바로 스토리텔러이자 이야기꾼이다. 전기수는 청계천가에 서서 지나가는 사람들에게 이야기를 들려주는 직업이다. 스토리 버스킹인 셈이다. 오늘날의 문화유산 해설사라고나 할 수 있겠다. 할머니는 동네에서 당시 전기수나 마찬가지였다.

　일본이 만화 강국으로 발전한 것은 그림을 그려 가면서 이야기를 해 주는 일로 밥벌이를 하던 일본판 전기수들 때문이라는 말도 있다. 이들은 전국을 떠돌며 이야기를 들려주는데, 꼭 그림을 함께 그리면서 스토리를 이어 갔다고 한다. 그들이 전국을 순회하면서 스토리를 만들어 내고, 전달하고, 그림으로 남기는 일을 한 것이다.

　오늘날 유튜브나 SNS에서 짧지만 많은 글들이 춤을 추는데 과히 나쁜 모습은 아니라고 생각한다. 여론이고, 스토리이고, 정보교류이기 때문이다. 물론 가짜를 만들어 퍼트리는 것은 당연히 혼쭐이 나야겠지만 말이다. 지금 100여 자 내외의 글로 자신의 생각을 압축해서 전달하고 나누는 형식이 대화보다 편하게 쓰이는 만큼 우리의 미래는 이야기가 넘치는 세상으로 변화될 것이다.

할머니의 유골 사진에서 옛이야기를 떠올리는 나도 이제 손자 녀석에게 들려줄 이야기를 만들어 두어야겠다. 아마도 유튜브로 영상을 찍어야 할듯하다. 손자 녀석 잠들기 좋게 배경 음악은 자장가를 깔아야겠지. 할머니의 책더미처럼 내 책장 한쪽을 손자 녀석을 위한 영상 몇 편으로 채워 놓는 게 좋지 않을까. 그런데 내 아들딸은 영화 이야기만 좋아하지, 아직 결혼할 생각이 없어 보인다. 내 꿈은 어찌할까나.

8. 손으로 생명을 말하다

　요즘 세상살이가 어렵다고들 한다. 큰 욕심 안 내는데도 살림살이가 힘들고, 물건이 넘쳐도 믿고 사기가 두렵고, 대낮인데도 골목길을 걷기조차 무섭다. 이처럼 세상이 어지러운데 믿고 잡아 줄 손조차 없으니 더 서럽다. 손은 사람의 마음이다. 어려울 때 손을 내밀고, 그 손을 잡고 힘을 낸다.

　미켈란젤로의 작품 「천지창조」에서는 신과 아담의 손이 서로 닿을락 말락 하는 거리에 있다. 이 '아름다운 간격'이 작품에서 절묘하다. 서로 움켜쥔 상태보다도 그 아슬아슬한 간격에 이르는 마음이 더욱 아름답다.

　이상한 눈으로 작품을 해설하는 책이 많은데, 색다르게 해석하면서 재미 보는 것들이다. 신의 손길을 인간이 받아들이는 장면이라고 흔히 알려져 있는 부분을 다르게 해석하는 것인데, 오히려 신이 인간의 손을 놓아 버리는 것이라고 주장하며 책값을 뺏어 간다. 구원의 손길을 뻗고 그것을 기꺼이 받아 주는 아름다운 두 손으로 기억하고 싶은 사람들이 많은데도 말이다.

　그리고 보니 서로 도움을 주고받는 데도 아름다운 간격이 있다고 생각된다. 막무가내가 아니라 겸연쩍은 표정을 담아 손을 내밀면 더 정겹다.

그 손을 잡으러 나아가는 손도, 거들먹거리지 않고 상대가 미안해하지 않을 정도로 조심스레 나아가면 더 진실돼 보인다. 아름다운 간격을 잘 표현해서 더 아름다운 그림이다.

물질을 주고받는 것 못지않게 아름다운 간격으로 마음을 주고받는 것 역시 중요하다. 마음을 담아 표현하면 생명에 활력을 주는 손놀림이 손에서 손으로 띠를 이뤄 전달된다. 생명을 이어가는 손놀림은 더불어 살아가는 세상의 새로운 접근이자 당연히 이뤄져야 할 협력이다.

자연환경을 사랑하는 손길, 생명을 사랑하는 손놀림, 도움을 주고받는 아름다운 간격의 손 마중, 세상을 새롭게 창조하는 열정의 손길들이 바로 이 시대의 정신이고 힘이다.

생명 외경심에 대한 내 어릴 적 기억은 지금도 생생하다. 할머니는 닭을 잡아 목을 비틀 때면 꼭 나무아미타불을 중얼거리시곤 했다. 왜 그러냐는 철없는 손자의 질문에게 할머니는 "닭고기가 맛있으라고" 하며 말을 흘리셨다. 생명의 끈을 놓지 않으려 퍼덕거리는 닭과 입으로는 나무

아미타불을 읊으시며 손자에게 먹이려고 닭의 모가지를 움켜쥐느라 힘줄이 돋으시던 할머니의 손을 나는 또렷이 기억하고 있다.

생명에 대한 외경심을 또 다른 데서 봤다. 어느 여름이었다. 뙤약볕에서 어떤 할머니가 잔디밭 잡풀을 뽑으며 뭐라고 중얼중얼하시는 것이었다. 이상해서 가만 들어 보니 풀에게 이야기를 하고 계셨다. "애야, 미안하다. 좋은 곳으로 다시 태어나라. 미안하다" 왜 그런 말을 하시느냐고 묻자, 저것도 살려고 나왔는데 뽑아 버리는 게 미안하다는 것이다. 하찮은 것에 대한 마음 씀씀이에 놀랐다. 장갑조차 없이 투박한 그 할머니의 손에 경의를 표했다.

언젠가 구둣방 아저씨에게 바닥이 떨어져 너덜거리는 슬리퍼를 가져가 붙여 달라고 내밀었다. 그냥 본드를 쓰윽 붙이기만 해도 되는데 질긴 실로 야무지게 바닥을 꿰매 주었다. 버려도 될 것을 '가져와 줘 고맙다'라는 터무니없는 말까지 덧붙이셨다. 생명도 없는, 아니 생명이 다한 헌것을 다시 살려 내는 참으로 귀한 손이다. 실값으로 내민 천 원에 쑥스러워하는 그 아저씨의 표정이 오래 기억에 남는다.

미켈란젤로의 그림 작업과 관련해 재미있는 일화가 있다. 어느 날 미켈란젤로가 세밀하게 그림을 그린답시고 천장 끝에 매달려 낑낑대고 있자 친구가 말했다.

"누가 얼마나 알겠냐? 대충 해치우고 내려와라."

"내가 안다."

미켈란젤로는 이렇게 말하며 아랑곳없이 열정을 쏟아 정성껏 완성했다. '손'으로 흘러내리는 땀을 닦아 내며 완성한 그 그림은 오늘날까지 명작으로 남아 많은 이들에게 이야기와 함께 기억되고 있다. '미켈란젤로의 동기'라는 격언은 이때 생겨났다고 한다. 마음속에 일하는 동기를 확실히 갖고 일하면 그 일은 꼭 성공한다는 뜻이다.

남의 시선을 지나치게 의식해서 일하거나, 동기조차 없이 떠밀리듯 일하는 요즘 '적당주의' 세태에 되새겨 볼 만한 대목이다.

미켈란젤로가 흘린 땀방울은 세월이 지난 오늘날에도 다이아몬드처럼 빛난다.

9. 딸의 지갑, 아버지 지갑

1960년대는 국가 재건이나 건설에 필요한 자금을 모으려 저축을 강조했다. 학교에서도 반별로 저축 많이 하기 경쟁이 붙었다. 우리 반이 꼭 1등을 해야 된다는 담임 선생님의 말씀에 급장인 나는 우리 반 전체에 걸린 숙제를 떠안은 듯했다.

그러던 어느 날 나는 아버지 지갑에서 큰돈을 훔쳐 내 저축했다. 사정을 모르는 선생님께서는 나를 칭찬하셨고, 내 기분은 앞산 구름이라도 잡을 듯이 날아올랐다. 교실 뒤 게시판에 학생들 저축 금액을 표시하는 막대 그림이 그려져 있는데, 내 것은 다른 애들하고 비교가 되질 않았다. 천장을 뚫고 올라갈 정도로 높았다. 급장으로서 역할을 제대로 했다는 생각에 뿌듯하고 자랑스러웠다.

그런데 이는 며칠을 가지 못했다. 큰돈을 보내주셔서 감사하다며 담임 선생님이 길에서 만난 아버지에게 인사를 한 것이다.

그날 밤 나는 평생 맞을 매를 다 맞았다.

"나쁜 데 안 쓰고 저축을 했으니 솔직하게만 이야기하면 용서해 주겠다."

아버지의 말씀에도 나는 한사코 거짓말을 했다.

"학교 담 밑 여기저기에서 주었어요."

씨도 안 먹힐 거짓말로 고집을 피우며 매를 벌었다.

긴 세월이 흘렀다. 딸아이가 그때 내 나이 무렵인 초등학생이었을 때다. 어느 날 자동차 뒷자리에 딸의 지갑이 떨어져 있는 것을 보았다. 지갑을 사용하는 것도 귀엽지만 도대체 무엇을 넣어 놓는지 궁금해서 살짝 열어 보았다. 분홍색 키티 수첩에는 친구들 전화번호도 있고, 용돈 지출 기록도 보이는 등 한살림을 너끈히 꾸려 가고 있었다.

그런데 그 지갑에는 백 원짜리 몇 개가 전부였다. 만 원짜리 한 장을 구겨 넣어 모르는 체 전해 주었다.

"야 너 지갑이 떨어져 있데"라고 하면서. 효과는 그 다음 날에야 나타났다. 내게 달려와 꼭 껴안으며 뽀뽀를 하고 난리를 피우는 것이었다.

그 뒤 언젠가 또 한 번 지갑이 떨어져 있어 만 원짜리 한 장을 또 넣어 주었다.

"야 상습적이구나, 또 용돈 떨어지면 차 속에 놓고 내려라."

어찌 된 셈인지 그 뒤에 그런 일은 다시 없었다.

늦가을 무렵이면 아버지께서는 가을걷이한 것을 잔뜩 싣고 서울에 오신다. 그때 문득 딸 지갑 채워 주는 놀이를 아버지께도 해 보고 싶었다. 목욕을 하러 가신 틈에 아버지 주머니에서 지갑을 빼내 살짝 열어 보았다. 아버지 몰래 지갑을 좀 채워 놓고 깜짝 놀라시게끔 하려는 속셈이었다.

그런데 아버지 지갑은 꽉 채워져 있었다. 내 손에 쥐고 있는 돈을 표 나게 넣을 틈조차 없었다. 나는 가슴이 뭉클했다. 자식들에게 푼돈이라도 부담 주지 않으려고 일부러 준비해 오신 것이다. 작전은 실패했지만,

그 뒤 서울에 오실 때 또 아버지 모르게 지갑을 살짝 열어 본 적이 있었는데 매번 똑같았다. 결국 '몰래 지갑 채우기' 이벤트는 한 번도 하지 못했다.

초등학교 4학년 때 내가 훔쳐 저축한 돈을 아버지는 다시 찾아오라고 하지 않으셨다. 다른 반 친구들이나 형들이 너는 저축 많이 해서 좋겠다고 부러워할 때마다 날아갈 듯했던 기분은 쥐구멍으로 들어가고 싶은 심정으로 바뀌었다.

교실 게시판의 붉은 막대 그래프는 누구 마음이 더 불량한가를 그려놓은 것 같았다. 졸업 때까지 그 돈을 찾지 않고 놓아두신 아버지의 마음은 평생 내 삶의 지표로, 사랑 그래프로 저축되었다. 그래도 용돈 한번 제대로 드리지 못한 채 지냈다.

"윗사람이 관공비 때문에 부하 직원들에게 눈치가 보여서는 안 된다."

처음 기관장 발령을 받았을 때 해 주신 이 말씀은 돈 사용에 대한 아버님의 첫 교훈이었다. 훔친 돈을 그대로 남겨 주신 아버지의 깊은 마음은 아직도 내 안에 그대로 저축되어 있고 그동안 이자도 많이 붙었다.

"아빠 고마워요"라고 달려들어 뽀뽀하던 딸처럼 대놓고 감사함을 표현하지는 못했지만, 평생 마음속에서 그 감사함이 무럭무럭 자라고 있다.

또 긴 세월이 흘렀다.

아버지는 이제 곁에 계시지 않는다.

아! 그리운 아버지…….

10. 나와 뇌

석사 신입생 시절에 발표 수업이 끝난 뒤 교수님은 나를 연구실로 호출하셨다. 웅변대회 선수처럼 발표하는 촌스러움을 놀리시더니 과제를 주셨다. 그 뒤로도 몇 번의 과제를 주셔서 교수님 연구실을 자주 들락거렸다.

어느 날은 진로를 물어보시고, 고시공부는 안 하느냐고 신중하게 물으셨다. 시험문제를 풀 때 자꾸 답은 찾지 않고, 문제를 분석하고 있어서 그쪽으로 빠지면 엉뚱한 답안을 쓰게 된다고 했더니 한참을 껄껄 웃으셨다.

"뇌 구조가 나와 비슷한가 보다. 학자가 되는 게 좋겠다."

당시에는 무슨 말인지 몰랐다. 조교가 되어 졸업 때까지 교수님과 함께 생활하면서도 그 뇌 구조 이야기는 꺼내 보지도 않았다.

졸업 후 국책연구기관에서 재정경제 정책을 연구하며 사회활동을 시작했다. 창밖에 목련이 피는 줄도 모른 채 지는 것을 알게 되는 삶을 그냥 즐겼다. 체질에 맞았던 것이다. 한눈팔지 않고 십 년 가까이 지내다가 뜻밖에 인도 여행을 하게 되었다. 팸 투어로 초대받은 터라 만물박사인 대학교수가 가이드를 해 주는 호사를 누렸다.

잠깐 잔디밭에 앉아서 쉬는데 가이드 하던 교수가 우리 손금을 봐 주었다. 디자이너로 일하는 젊은 친구 손금을 한참 보더니 뇌 이야기를 하는 것이었다. 젊은이는 우뇌가 잘 발달되어 있어 앞으로 예술 쪽에서 일하면 성공하겠다고 점쟁이 같은 소리를 했다. 이미 예술계에서 활동 중인지라 우리 모두 깜짝 놀랐다.

다음은 내 손금을 보더니 고개를 갸우뚱하며 좌뇌와 우뇌를 모두 사용하는 특이한 뇌 구조라고 했다. 좌뇌 우뇌 역할 분리에 대한 이야기를 늘어놓더니 무슨 일을 하고 있느냐며 두 뇌를 다 사용하게 될 터이니 두고 보라는 식이다. 하도 싱거운 소리를 하길래 '싱'인 그의 이름을 따 '싱거운' 씨라고 장난을 쳤다. '좌뇌 우뇌, 전뇌 후뇌, 상뇌 하뇌 모두 동원하면 정신병자 되기 딱 좋겠군, 어찌 그럴 수 있겠어'라고 의심하며.

여행에서 돌아온 그 해 나는 정말 뜻밖의 운명처럼 직장을 바꿨다. 재정경제 분야에서 문화예술 분야로, 논리·수치를 주로 쓰던 좌뇌 중심 직업에서 감성·감정 표현을 중시하는 우뇌 중심 직업으로 바뀐 것이다.

통계분석 없이는 말을 할 수가 없었는데, 어느덧 통계 없이 직관으로 이야기를 늘어놓는 데 재미를 붙이게 되었다. 그리고 지금까지 25년간 우뇌에서 뿜어 나오는 에너지로 살고 있다. 운명이었는지, 적성에 맞았는지, 먹고살기 위해 그랬는지 어찌 됐든 내 양쪽 뇌는 바뀐 삶을 땀띠 돋게 버티며 잘 견뎌 주고 있다.

뇌는 에너지를 계속 공급해 줘야 활성화된다고 한다. 에너지 공급이 적으면 지능도 정지된다. 그래서 머리 좋은 사람이 말을 잘하고, 말을 잘하면 머리도 좋아지는가 보다. 좌뇌든 우뇌든 쓰기 나름 아니겠는가.

뇌는 비슷한 언어끼리 서로 영역을 만들어서 기억하고 있단다. 고향 사람을 만나면 자연스럽게 사투리가 튀어나오고, 연인끼리 닭살 돋는 언어를 사용하는 것도 이런 이유다.

그래서 뇌에서 멀리 떨어진 영역에 저장된 것을 서로 엮어 쓰면 창의력이 더 높아진다고 한다. 나이 들어 은퇴하면 직장 동료보다는 다른 일터 사람, 나와는 다른 취미를 즐기는 사람과 어울리라는 충고가 이 때문이다.

이데올로기를 주제로 강의하고 글을 쓰는 분이 있다. 그는 틈만 나면 동화책이나 만화책을 사서 읽곤 한단다. 외로워서 그런가 생각했는데, 지금 뇌만 가지고 생각해 보니 좌뇌 우뇌, 냉탕 열탕 사이의 두뇌 전환을 위해 그런 것 같다.

창의력을 키우려면 두뇌 훈련을 하면 된다. 목표를 세우고 강한 몰입을 하면 사고력 증진에 도움이 된다. 한편 멍 때리기나 목적 없이 여행을 해도 다른 의미로 뇌가 활성화될 것이다. 뇌 구조가 이렇다면 '집중과 멍'을 잘 조절하여 뇌 활력을 키우는 것이 좋겠다.

남성들의 언어습관도 뇌를 갉아먹지 않도록 개선해 나가야 한다. 여성은 6천 개의 단어를 쓰는데, 남성은 4천5백 개의 단어만을 쓴다고 한다. 더구나 결혼을 하면 남성은 그중 기껏해야 1/3 정도만으로 세상을 살아가고, 나이가 들면 더 형편없이 줄어든다고 한다. 스마트폰 덜 보고, 말을 많이 하고, 가끔은 멍 때리며 노후를 보내야겠다.

덧없이 시간을 흘려보낸 지금, 대학원 시절 은사님이 계시다면 그때는 생각도 못 했던 뇌 구조 이야기를 꺼내 결론적인 답은 문화예술에 있다고 토론을 걸며 식사라도 한번 대접하고 싶다.

이제는 정년퇴직을 하고 자유인이 된 내 뇌도 칭찬해 주고 싶다. 좌뇌,

우뇌 너희들 그간 고생 많이 하였다. 심봉사 눈 뜨자마자 지팡이 피르르르 내던지며 "지팡이 너 고생 많이 허였다"라고 노래 부르듯이 나도 이제부터는 텅 빈 뇌를 즐기련다.

11. 해와 달, 그 위에 사람

요즘 한 달 살기나 일 년 살기가 유행인데, 나는 일본 땅에서 1년 못 되게 잠깐 지내봤다. 젊었을 때 직장에서 일본 경제연구기관에 1년간 파견되어 연구를 하기로 정해져 있었는데, 직장을 바꾼 바람에 그 기회가 날아가 버렸다. 잊고 지내다가, 바뀐 새 일터에서 숨넘어가게 일하던 중 3년 뒤에 뜻밖의 기회가 생겨 일본 땅에서 운명적으로 지내게 되었다.

생활에 필요한 것이나 연구비를 지원해 줘서 여유가 있었다. 일본에서 버는 돈은 모두 일본에 되돌려 주고 가겠다고 훌륭한 결정을 하는 바람에 삶이 여유로웠다. 여행, 연구자료 구입을 아낄 이유가 없었고, 한 푼도 남기지 않았다. 일본 대중문화 개방을 연구하기 위해 체류 기간을 단축해서 일찍 한국으로 들어와 아쉬웠지만 많이 보고 잘 놀았었다.

일본이라는 나라 이름 첫 글자가 해(日)로 시작되는 것은 무슨 뜻인가. 해가 이 나라에서 뜨고 진다는 패권주의 의미인가. 일본에서의 첫 밤을 지낸 아침, 일본에서는 해가 일찍 뜬다고 느꼈는데, 생활 속에서 많은 것들이 아침 해처럼 일찍 시작된다고 느꼈다.

어느 겨울날 해 질 녘 산토리 미술관에서 바라본 오사카항 바다는 붉은색 피자 한 판을 통째로 삼키고 있었다. 내게 가장 인상 깊게 남은 해

넘이였다. 미끄러지듯 사라지는 해 사이에서 이리저리 표풍(漂風)하는 배들은 패권주의 문제가 생각날 때마다 오버랩 되곤 했다.

린쿠타운에서 바라보는 간사이 공항의 해 지는 모습이나 와카야마 여행 중의 낙조를 볼 때처럼, 어떤 해는 왜 이리 붉고 요란스럽게 지는지 생각에 젖었었다. 패권주의를 생각하게 하는 그 나라 이름이 우선 묘하게 되새김되었다.

밤에 뜨는 달은 제 스스로 빛을 내지 못하고 태양빛을 받아서 빛나는 것이다. 그런 뜻으로 '달빛 문화'라는 말에 일본의 문화를 빗댈 수 있다. 일본은 앞선 다른 문화를 받아들여 자기 것으로 소화해 만들어 내는 방면에서 탁월하기 때문이다.

일본인들의 다른 나라 문화 이야기나 글을 보면 흔히 자기 문화와 비교해서 '유차장단(유사, 차이, 장단점)'을 찾기 바쁘다. 교토나 나라를 여행할 때는 여기가 어디인지 착각이 들 정도였다. 신문들의 칼럼은 마치 최신 외래 지식 소개서 같은 느낌을 주었다. 정통성보다 주체성에 힘을 주는 일본 문화의 시곗바늘은 늘 미래만을 가리키고 있는 것으로 보였다.

나무와 쇠로 된 일본 건축 예술에는 멋과 든든함이 돋보인다. 생활문화의 기본인 주택, 도시화의 최종 표현인 도로, 과학과 예술의 만남으로 이루어지는 빌딩에 그들의 실용주의가 배어 있다. 지진의 불안 속에서, 땅을 효율적으로 사용하기 위해 지혜를 축적한 결과물이 나무와 쇠를 이용한 건축술이 아닌가 싶다. '해와 달이 함께 떠 있는 나라' 일본의 패권주의 위에 떠서 빛을 내는 건축 문화를 새롭게 봤다.

나는 일본에서 이노우에 씨 가족과 친하게 지내며 그들의 생활문화에 가까이 다가가 볼 수 있었다. 그의 집에서도 만나고, 인근 화석지대로 가 화석을 찾아보는 즐거움도 났다. 그의 가족과 친구들은 우리가 좀 더 일찍 만났더라면 좋았을 것이라는 말도 했다.

헤어질 때 공항에서 그는 나에게 석별의 징표로 선물을 주었다. 사하라 사막의 모래를 조금 넣은 새끼손톱만 한 작은 병이었다. 그의 집에 갔을 때, 사하라 사막에서 직접 가져왔다는 곱디고운 모래를 신기하게 보던 나의 모습을 섬세한 그가 놓치지 않았나 보다. 사하라 사막에서 일본으로 시집온 금모래가 한국으로 나누어져 왔다.

우리가 살고 있는 지구는 사실 흙덩어리 한 개다. 그 위에 나뉘어 흩어져 살고 있을 뿐이다. 어느 여름 큰 홍수 때 이오우에 씨가 안부전화를 걸어 왔다. 김대중 대통령이 노벨상을 탔을 때도 그는 또 전화를 걸어 한국을 축하하고 평화를 기도해 주었다.

하나의 흙덩어리 위에서 그와 내가 동시대를 살고 있어 나는 기쁘다. 시간·공간·인간의 삼간이 맞아떨어지는 즐거움이다.

지금 우리 집에서 가장 조그만 물건은 그 모래병이다. 작은 병 속에 담

겨 있는 '사하라 사막'은 이오우에 씨와 친구들이다. 하나의 흙덩어리 위에 패권과 문화를 밟고 서 있는 인간들조차도 사하라 사막의 모래알일 뿐이다. 일본이라는 해, 그들의 역사 문화라는 달, 그보다 더 높고 화려한 것은 거기에 사는 착한 사람들이 아닐까.

12. 맞춤, 미학과 공학

내가 뛰놀며 몸과 맘을 키우던 초등학교에서 모교 출신 박사들을 불러 강의하는 특별 수업이 있었다. 박사골 이름에 걸맞은 기획인데, 공교롭게 내가 1번 타자로 나서게 되었다. 부담이 한두 가지가 아니었다.

원래 동네 점쟁이는 별로 믿지 않는다는데, 더구나 코흘리개들에게 뭘 어떻게 해 줘야 할지. 주제를 먼저 보내 달라기에 새삼스레 학교 교훈을 찾아보니 '창의'라는 말이 있어 그걸 제목으로 잡아 보내 주는 데서부터 '짜 맞춤' 전략이 시작됐다.

실수할까 봐 원고 글씨는 주먹만 하게 키우고, 내용은 사례 중심으로 쉽게 설명하고, 이야기는 큰 소리로 천천히 하며, 반응을 봐 가면서 조절하자고 제법 치밀한 맞춤 전략을 준비했다.

"좋은 양복으로 차려입고 넥타이도 단정하게 매라."

신이 나신 어머니의 말씀조차 따르지 않고, 어린이들과 친근해 보이는 느낌의 가벼운 옷차림까지 준비했으면 맞춤의 형식은 잘 갖춘 셈 아닌가.

강의 시작은 '관심 유발: 반대로 생각해 보기'로 시동을 걸었다.

"똥빵이 3개에 2천 원, 맛있게 먹을 빵에다가 왜 똥이라는 이름을 붙였을까요?"

"병원에 주사 맞으러 갈 때 아플까 걱정되지요? 그런데 간호사 언니는 주사 놓을 때 왜 아프게 엉덩이를 찰싹 때릴까요. 그렇잖아도 아파서 겁나고, 짜증 나는데."

"그래서 똥빵은 잘 팔렸을까요? 지금 대학교 앞에서 팔고 있어요. 가격도 올랐고, 밸런타인데이 선물로도 대박이랍니다."

"아! 누구나 하는 생각과 반대로 해 보는 것이군요. 아픈 주사를 놓을 때 미리 한 번 아프게 해 주면 진짜 아플 때는 잘 못 느끼겠군요."

"바꿔서 해 보기, 반대로 생각하기, 미리 한 번 어려움을 겪어 보면서 창의적인 생각을 해 보는 것이에요."

중간 점검으로 반응을 보았다.

"으, 애해해, 와~, 맞다, 그치, 대~박."

좋은 반응에 힘입어 이어지는 강의는 심봉사 축문 읽듯이 자화자찬으로 속도가 붙었다. 눈을 부릅뜨고 반응을 봤어야 하는데 건성으로 듣기만 한 것이다.

대학생, 문화 활동가, 공무원을 대상으로 강의할 때 약발 좀 먹혔던 각종 사례가 화려하게 부활되었다. 유럽뿐만 아니라 주위들은 외국 사례들을 한류 운운하면서 과녁을 정조준 해 쏘아 댔다. 러시아에서 시작된 트리츠의 사례와 초등학교의 수업 사례들도 반딧불처럼 빛을 뿜었다.

요 녀석들아, 놀랐지. 이제 우아하게 끝을 낼 시간.

자신 있게,

"자, 질문 있으면 손 들고 말하세요."

당연히 침묵.

"질문을 잘하는 것이 창의성을 높이는 출발선입니다"라고 말하는 여유가 당황으로 바뀌는 것은 한순간이었다.

"똥빵을 먹어 보셨나요?"

곧바로 이어지는 질문은,

"어떤 맛이에요?"

"인터넷으로 똥빵을 주문할 수 있나요?"

"홈페이지 좀 알려 주세요."

"아, 똥빵 먹어 보고 싶다."

성공한 맞춤 미학은 실패한 맞춤 공학 앞에 당연히 무릎을 꿇고 말았다. 맞춤의 미학이 자기중심에 그치고 말았다는 증좌를 충분히 남겼다. 똥빵에만 집중된 질문에 답을 하나도 주지 못하고 쩔쩔매며 안절부절못했다.

과도한 맞춤 설정의 비극, 극단적인 예로 우롱한 죄, 현학적 지식이 절대 울릴 수 없는 어린이들의 감동선에서 무너진 '짜 맞춤의 비극'이었다.

그 뒤 나는, 잔잔히 흐르며 돌을 만나면 비켜 가는 남산 산책로의 인공 시냇물 옆에서도 고개를 숙이고 걷는다.

13. 느티나무, 백일홍나무, 오얏나무 선생님

사회생활을 하면서 만난 스승님이 몇 분 계시다. 학교 울타리 안 은사님과는 사뭇 다르다. 생활에 필요한 가르침을 한껏 주셔서인지 어떤 일 앞에서는 구체적으로 기억을 뚫고 나온다. 어쩌다 등산길에서 고목을 만날 때면 인생길마다 든든하고 그늘이 되어 주시던 '사회학교' 선생님을 만난 것 같다.

대학원 석사 시절 만난, 강사로 명강의를 날리시던 A 선생님은 조는 학생이 깰까 싶어 조용조용히 말씀을 하신다. 그런데 한 명도 졸지 않는다. 두 시간 강의를 한 시간에 압축적으로 멋지게 끝내시며 하시는 말씀은 강사료 수준에 맞게 하느라 그런다고 하신다. 그런데 사실은 할 말씀을 다했기 때문에 더 할 필요가 없어서이다. 높은 지위에서 크게 봉사할 역량이 되시는 분인데도 어떤 셈인지 그 기회를 갖지는 못했다. 그런데 생활 속에서는 그 이상이셨다.

선생님께서는 내 결혼식 주례를 봐주셨는데, 당시 그 주례를 들었던 사람 중에는 자식들에게 인생 교훈으로 들려주고 싶다며 주례 말씀을 복사해 달라는 사람도 있었다. 선생님께 배운 삶과 학문 태도는 내 삶에 공이가 되어 배겨 있다. 처음 강의에 나서는 제자들에게 나는 선생님의 그때 그 정신을 꼭 전해 준다. '생활 거인'의 풍모를 지니신 선생님, 커다란 느티나무 같은 선생님, 그 선생님의 그늘이 지금 강동 팔십 리에 펼쳐 있다.

연구기관에서 만난 B 선생님은 연구, 생활, 언어, 태도에서 단 한 점의 구김도 없던 분이다. 처음에 선생님을 대하면서 나는 숨이 넘어갈 듯했다. 그렇게 올곧은 분을 지금까지 뵙지 못해 정말 존경스러웠기 때문이다. 딸아이 돌 때 모셨는데 흔쾌히 오셔서 이어지는 약속을 바꾸시면서까지 오래도록 함께하며 좋은 말씀을 해 주셨다. 따스한 풍모도 넘치셨다.

늦여름에서 초가을에 작고 아름다운 꽃을 가득 피우는 백일홍나무 같은 선생님이다. 언젠가 본 적 있는, 어느 절 도량 한가운데 둥그렇게 그늘을 만들며 꽃을 피우던 백일홍 꽃나무가 딱 선생님의 모습이다. 뙤약볕에서도 양산을 펼쳐 놓은 듯 그늘 차양을 만들어 펼쳐 주시는 선생님.

문화연구의 길에서 만난 C 선생님은 한 그루의 오얏나무셨다. 오얏나무 아래 저절로 길이 나듯이 주변에 사람들이 저절로 모여들게 만드는 스타일이었다. 선생님 회갑 때 몇몇이 글을 모아 자그만 책을 만들어 올렸었다. 선생님을 만난 지 얼마 되지 않았던 나는 감히 선생님을 주제로 글을 쓰지 못하고 엉뚱한 잡문을 썼는데, 그날이 엊그제 같다. 그 뒤 세월이 한참 지나 칠순 때 또 글모음을 올렸는데, 그때도 선생님은 한결같았다. 존경스럽지 않은가. 내가 선생님께 배우려는 '한결같음'은 질풍노도를 눈꺼풀 몇 번 깜박이는 정도로 처리해 내는 마음 닦음에서나 가능하다. 그러기에 두고두고 맘속에 새겨야 할 덕목으로 여긴다.

오얏나무는 꽃과 열매가 좋아서 누가 알리지 않아도 사람들이 모이므로 그 아래 저절로 길이 생긴다. 선생님은 우리에게 먼저 어느 날 어디서 만나자고 불러 모은 적이 한 번도 없다. 그런데 우리는 한 해가 바뀔 무렵이면 선생님을 모시고 만나곤 했다. 향기로운 꽃이나 달콤한 열매를 내주시지는 않지만 모인다. 좋아서, 그냥 좋아서 그런다. 오얏나무 선생님이 열매로 사람을 모으지 않고, 꽃으로 유혹하지 않아도 그 아래에 그냥 모였다. 그래서 길이 나게 되었다. '문화로' 몇 번지 길.

'잘한다는 것'이 무엇인가를 나는 선생님 곁에서 배웠다. 크게, 빛나게, 많이, 훌륭하게 하기보다는 '어울리게' 하는 것이 잘하는 것이었다. 자리에 어울리게, 상황에 어울리게, 스펙에 어울리게 하는 것이다. 어울리지 않게 크고 많은 욕심을 부리다가 자신이나 남은 물론이고 일에조차 흠집을 남기는 모양새를 많이 봤다. 넘쳐서 문제가 되는 이 세태에 '딱 어울리게 하는 것이 잘하는 것'이라는 교훈 역시 배워서 쉽사리 익힐 수 있는 것은 아니다. 선생님 곁에서 틈틈이 곁눈질로 배웠다.

선생님과 함께한 여행은 늘 잔잔한 물결이었다. 그렇지만 내 얼굴 위 일곱 구멍(七竅)은 늘 분주했다. 객기나 호기라곤 한 티끌도 없이, 메마른 여행이 이토록 즐거운 추억들로 남을 수 있었던 건 순전히 선생님 보따리에서 나오는 따스한 알갱이들 때문이었다. 그 알갱이를 톡톡 터트리며 함께했던 적지 않은 시간들이 나를 새로운 자극으로 이끌어 주곤 했다.

선생님은 기호가 뚜렷하고, 그래서 모시기가 편했다. 소주는 무엇, 커피는 무엇, 담배는 무엇. 그런데 선생님이 그토록 좋아하시는 삶의 소(만두 소 같은), 삶의 멋을 나는 따르지 못하니 아쉬웠다. 선생님과 만날 때 분위기를 농익게 하는 재주를 갖지 못했던 게 많이 아쉬웠다. 세상의 또 다른 맛을 모르고 산 셈이다. 그래도 선생님은 이점을 누구보다 잘 이해하신다. 억지로 잔을 권하지 않을 뿐 아니라 오히려 말리신다. 뚜렷한 기호가 남을 불편하게 하지 않는 이 기인의 풍모, 배울 수 있는 한 배워 보려 했었다.

학교의 내 연구실 창가에는 키가 큰 나무 네 그루가 나란히 서 있는데, 나무들의 키가 연구실 유리창 끝까지 닿아 있다. 저토록 꼿꼿이 서 있는 큰 나무를 보기는 쉽지 않다. 우리 학교는 절대로 나뭇가지를 쳐내거나 다듬지 않았다. 저절로, 제 맘대로 자라게 놓아둔다. 농학박사이신 학교 이사장님의 나무에 대한 철학이다. 몇 년 전에 이사장님 허락을 받아 나무 한 그루를 옮긴 뒤 지금껏 한 번도 손댄 적이 없다고 한다.

사회에서 가르침을 주셨던 내 선생님들은 나에게 가위질을 하거나, 묶어서 키우는 일이 없이 그대로 두고 보셨다. 바람 불면 적당히 움직여 주고, 계절 바뀌면 새 옷으로 바꿔 입혀 주고, 그늘을 만들어 사람들을 쉬게 하면서….

세월이 만들어 준 큰 나무 같은 선생님. 연구실 창가의 네 그루 중 제일 작은 나무를 감히 나라고 생각할 수는 없지만, 곁눈질하며 열심히 따라 자라는 중임을 보고드립니다.

가을, 황금빛 나무 옷으로 바꿔 입는 큰 나무들을 보면 지금은 곁에 안 계신 세 분 선생님이 떠오른다. 먼 곳에서 평안하시기를, 간곡히, 빕니다.

둘.
여름에는, 하릴없이 산책을

1. 뽑기와 꼽기, 신이 성질나면

적어도 신쯤 되면 성질날 일이 있어도 웃으며 털어 넘길 줄 알았다. 그게 바로 신의 품격이고 완성된 모습 아닌가. 그런데 어떤 신은 성질이 나면 인간보다 더 심하게 해코지를 하는가 보다. 우선 닥치는 대로 뽑아 버리고 그 뽑아 버린 귀한 것을 아무렇게나 꼽아 버린다.

바오밥나무가 그 불행한 대상이었다. 이 나무가 욕심이 많았는지 신에게 이것 해 달라 저것 해 달라 부탁을 많이 한 모양이다. 부탁이 많아지자 귀찮은 신은 나무를 통째로 뽑아 버렸다. 그래서 바오밥나무는 가지와 뿌리의 위아래가 바뀐 채 천년을 살아가고 있다. 이 불행을 조상 대대로 이어 내려오며 겪고 있다. 바로 성질 급한 신 때문이다.

문제는 뽑은 나무를 거꾸로 꽂아 버린 데에 있다. 나무는 사실 뽑기보다 꼽기가 더 중요하다. 잘 자랄 자리를 골라서 반듯하게 꼽아야 뒤탈이 없을 것 아닌가. 그런데 성질 급한 신은 그냥 아무 데나 냅다 꽂아 버리고 말았다. 뿌리를 이고 사는 흉측한 바오밥 나무의 모양에는 이런 사연이 있었던 것이다.

성질 급한 신이 뽑아버린 것은 나무만이 아니다. 자기 아들 목을 뽑아 버린 신도 있다. 인도의 신 가네샤 이야기이다.

　가네샤는 파괴의 신 시바의 아들인데 머리통이 코끼리 모양이다. 금복주 소주에 나오는 영감처럼 남산만 한 배를 불룩 내밀고 앉아 있는 모습이다. 어느 날 성질 고약한 시바신이 잔뜩 심통이 나 있는데 아들 가네샤가 곁에서 귀찮게 징징대니 성질이 돋아서 그 아들 목을 뽑아 버렸다고 한다. 원, 뽑을 게 따로 있지 어찌 자식 목을 그리한단 말인가. 자식을 끔찍이 사랑하는 시바의 아내 우마가 놀라 기겁을 하며 고래고래 소리를 질렀다. 어찌나 심하게 바가지를 긁었는지 더 성질이 난 시바가 이번에는 자기 곁으로 지나가는 자를 붙잡아 그의 머리통을 뽑아 자기 아들 가네샤의 머리통에 쑤셔 넣어 버렸다. 아뿔싸 그런데 공교롭게도 그게 바로 코끼리였다나 어쨌다나. 그래서 가네샤는 제 머리통 대신 코끼리 머리통을 지닌 채 살아가고 있다.

　인도의 힌두신은 이 시바와 비슈누가 양대 산맥을 이루고 뻗어 내려온다. 두 신은 서로 대비되는 모습인데, 실제 생활도 그렇다.

　가네샤는 학문의 신으로, 지혜와 행운을 상징한다. 자가용으로는 쥐를 타고 다닌다. 인도 여행을 하다가 대학 캠퍼스에서 쥐를 타고 있는 가네샤 동상을 지나치는데 마침 동상 아래서 열심히 책을 보던 학생의 모습이 오래 기억에 남는다.

자식의 목을 뽑아 버릴 정도로 성질 급한 시바는 파괴의 신이다. 코브라 뱀을 목에 칭칭 두르고 있고 이마에는 제3의 눈이 있다. 손에는 자기를 상징하는 삼지창을 들고 있다. 인도 여행을 하면 전사처럼 삼지창을 메고 순례하는 사람들을 자주 보게 되는데, 이들은 '파괴의 신'을 숭배하는 신자들이다. 시바의 아내는 우마로, 물소 모양의 악마와 싸우는 모습을 취하고 있다. 남편인 시바처럼 파괴적이고 피를 좋아한다. 도시 여기저기에 만들어진 수많은 그녀의 제단에는 늘 붉은 피가 흘러내리고 있다. 파괴의 신과 함께 살다 보니 늘 싸우는 모습인가 보다.

비슈누는 평화의 신이다. 뱀 위에 올라가 평화롭게 잠자는 형상이 본모습이다. 이 모습이 변신하여 멧돼지, 사자, 거북, 난쟁이, 물고기 등으로 나타나기도 한다. 인도 곳곳에서 눈 몸살이 날 정도로 이런 조각품들이 많이 보인다. 비슈누의 아내는 락슈미인데 부와 행운의 상징이다. 얼굴은 둥글고 미인이며, 성격도 좋다. 평화의 신과 함께 살면 아내도 그렇게 되나 보다.

아무튼 살아 있는 것을 뽑아내고 아무렇게나 쑤셔 넣는 성질머리, 제 분을 못 이겨 함부로 하는 신을 우리가 어떻게 봐야 할까.

어른 아이 할 것 없이 모범적인 교과서라 생각되는 『어린 왕자』에서처럼 나쁜 씨앗이 자라서 못생긴 바오밥 나무가 되는 것으로 설정하면 인성 교육에는 도움이 될 것이다.

그 교과서에는 이렇게 서술되면 좋겠다.

'화가 나는 것을 꼭 나쁘다고만 볼 수는 없다. 다만, 이를 어떻게 처리하는가가 중요하다. 적어도 신이라면 화를 내는 동기나 목적이 올발라야 하고 그 처리 과정에서도 감정을 조절하여 이성을 잃지 않아야 한다. 분노의 정도에 따라 단계를 나눠 대응하되, 가벼운 정도는 웃어넘길 줄도 알아야 한다.

그야말로 진노한 경우가 아니라면 신들은 제발 자식의 목을 뽑거나 곁에 있는 나무를 뽑아 버리는 극단에서는 벗어나야 한다.

코끼리 피아노 치는 소리이다.

2. 빵으로 뻥치기

나는 책을 열심히 읽기보다는 책을 통해 상상을 즐기는 편이다. 책 한 권을 사면 끝까지 읽지 못하고 내팽개치기 일쑤다. 그래서 트렌드가 깔린 책은 그냥 던져도 되니까 살 때 부담이 적다. 몇 페이지 읽지 않고 던져두었던 책은 꼭 필요해서거나 반대로 심심풀이로 필요할 때 다시 집어 들게 된다.

심심풀이로 읽는 데는 『이그노벨상 이야기』만 한 책이 없다. 파주 출판단지에 놀러 갔다가 출판사 할인 매장에서 별생각 없이 산 것이다. '천재와 바보의 경계에 선 괴짜들의 노벨상'. 이 부제 글이 내 맘에 쏙 들어와 지갑을 털었다.

그런데 그날 저녁 식탁에서 빵 터트릴만한 이야기 한 조각을 책에서 찾았다. 이그노벨상 위원회는 영국 해군에게 이그노벨 평화상을 수여했다. 공식적으로 발표된 선정 이유는 예상외로 간단하다.

"실탄을 쓰는 대신 입으로 '빵!'을 외치라고 군인들에게 명령한 영국 해군에게 이그노벨 평화상을 수여한다."

이 문장이 전부다.

노벨 평화상이 아닌 이그노벨 평화상이다. 이 사연을 영국 가디언

(Guardian) 지가 소개했다. 영국 해병은 포병학교 학생들을 훈련시키면서 막대한 경비를 줄이기 위해 실탄을 발사하지 못하게 했다. 훈련 때 실탄을 정확히 장전하고 총을 과녁에 신중히 겨누되 실제로 방아쇠를 당기지는 말고 입으로 '빵'이라고 소리만 내지르라는 것이다. 이 명령이면 3년간 국방부가 예산 500만 파운드를 절약할 수 있다고 생각했다는 것이다.

'빵'이라고 '빵'을 치는 것이다. 아주 경제적이고, 조용하고, 창의적이고, 평화롭고, 배우기도 어렵지 않고, 훈련 시간도 대폭 단축시킬 수 있다. 전쟁사에 길이길이 남을 이 인본주의적인 훈련 방식을 높이 새기기 위해 이그노벨 평화상을 수여한 것이다.

지구상에서 가장 지혜로운 동물인 인간이 대화와 협상을 내팽개치고 살상 무기로 사람을 죽이는 일은 숲속에서 직립보행으로 걸어 나온 후지금까지 끊인 적이 없다. 입으로는 평화를 소리 내면서 머릿속으로는가장 효율적인 살상 방식을 계산하고 있다. 그러면서 이런 짓을 하지 않도록 기여하는 이에게는 해마다 노벨 평화상 수여를 잊지 않고 챙겨 준다. 가증스러운 뻥들이 판친다.

숲속에서 네 발로 살던 때나 두 발로 걸어 나와 4차 산업혁명이라고 자화자찬을 하는 지금이나 인간은 뭐가 다를까. 원숭이일 뿐이다. 노벨 평화상은 이제 그만두고 이그노벨 평화상처럼 '빵! 전쟁'이 아닌 '뻥! 전쟁'으로 기여한 이를 찾아보는 게 인류평화에 더 도움이 될 것이다.

하기는 개그 프로그램에나 나올 법한 헤어스타일을 한 두 거구가 만나뻥치기 시작한 지도 벌써 많은 시간이 흘렀다. 평창 동계올림픽이 평화올림픽이었다고 뻥치고, 누가 노벨 평화상을 탈 것이라고 뻥치고, 아직도 서로 신뢰가 쌓여가고 있다고 뻥을 친다. '뻥!'을 숨기려는 뻥만 무성하다.

그런데 이 '뻥'은 이그노벨상의 뻥처럼 재미있지가 않아 안타깝다. 이그노벨상 선발 기준 가운데서 가장 핵심은 '재미'가 있어야 한다는 점이다. 적어도 노벨상을 받은 경력이 있는 사람만 심사위원이 될 자격이 있다. 상금은 무려 10조 달러다. 슈퍼 울트라 인플레이션이 일어난 '짐바브웨 달러'로 그러하니 미국 달러로 환산하면 단돈 4달러이다. 온통 유쾌한 뻥이 판친다. 2003년에 수상한 사람들에게 준 상품은 금으로 만든 벽돌이었다. 크기가 중요한데, 무려 1나노미터(nm)라는데 따져 보니 10억분의 1m라서 도대체 눈에 보이지도 않는 크기다. 한번 꼭 보고 싶고 만져 보고 싶다.

앞에서 이야기한 영국 해군은 이 위대한 시상식에 참석조차 하지 않는 불경죄를 저질렀다. 그 상장은 지금 다른 사람이 대신 받아서 소중하게 보관하고 있다. 영국 해병이 이 상을 찾아가려면 리처드 로버츠를 찾아가야 한다. 그는 노벨 생리의학상을 수상한 분이다.

우리나라에서 또 다른 '뻥'으로 오랫동안 사람들의 기억에 남는 이가 있으니, 그 이름 바로 김벌래 씨다. 코카콜라 병을 따면 '뻥! 치이이익~' 소리가 나는 광고를 제작해서 큰돈을 벌었다. 콜라병 한 박스를 다 따 보아도 실제로 뻥 소리는 한 병도 나지 않는다. 그런데도 그는 이 소리를 창작하여 콜라 맛의 시원함을 느끼게 해 주었다. '뻥!' 하는 소리로 뻥을 치며 돈을 번 그는 왜 하필이면 이름이 벌래일까. 사연이 있다. 어린 시절 방송국에서 일할 때, 심부름하느라 왔다 갔다 하던 그에게 제작 책임자가 한마디 던졌다.

"야, 저 벌레처럼 왔다 갔다 하는 녀석. 거 좀 가만히 있지 못해?"

키 작고 몸 작은 것도 서러운데, 벌레라고 조롱을 하니 오기가 나서 이름을 아예 벌래로 고쳐 버렸단다. 성을 가는 것은 잘 참아 냈고, 이름까지 갈면서 그 이름으로 권토중래하기로 다짐한 것. 4차 산업혁명시대 그의 직업은 지금 사운드 디자이너라 불린다. 이것은 뻥이 아니라 실화다. 그 이름으로 살아왔고, 그의 자식들까지 '사운드 뻥' 일을 하면서 삶을 즐기고 있다.

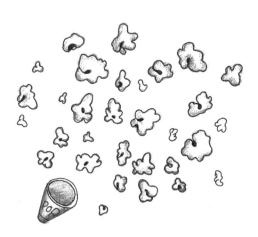

3. 눈꽃 천사 개

예전에 박물관은 뜻깊은 물건을 수집하여 보관하고 전시하는 곳이었다. 그런데 정보시대를 지나면서 박물관은 소장가치가 있는 물건을 단순히 전시하는 데에만 그치기보다 소중한 정보나 이야기를 만들어내는 곳이 되었다. 그래서 나는 박'물'관이라는 말 대신 박'정'관으로 바꿔야 한다고 책에 쓴 적이 있다.

그래도 박물관에는 여전히 실물을 보면서 더 큰 감동을 느낄 수 있는 것들이 있다. 박물관에 소중하게 보관된 감동적인 이야기 속 주인공인 개들이다. 천사 개라고 할 정도로 고마운 개들의 이야기를 듣고 동상이나 그림이 아닌 실물로 볼 때 퍼지는 감동은 이루 말할 수 없이 크다. 충성스러운 행동으로 인간들에게 도움을 준 개로 배리와 발토 이야기를 소개하고 싶다.

스위스의 수도 베른의 자연사박물관에는 230점이나 되는 동물 실물 모습이 마치 튀어나올 듯이 리얼하게 전시되어 있다. 유럽 전체에서 동물 박제가 가장 많은 이 박물관은 원래 '배리(Barry, 1800~1814)'라는 개를 기념하기 위해서 만들었다.

알프스산 자락에 자리 잡은 스위스 세인트버나드 병원에 소속된 배리는 조난 실종자들을 구해 냈다. 추위나 눈보라에 아랑곳 하지 않고 산 속을 헤치고 다녀 12년 동안 40여 명의 귀한 목숨을 구했다.

그러고도 배리는 또 용감한 행동에 나섰다. 눈 속에 묻힌 군인을 구하기 위해 눈보라 속에서도 계속 눈을 파헤쳤다. 마침내 그를 발견하여 혀로 핥아 얼어붙은 몸을 녹여 주었다. 그런데 깨어난 군인은 배리가 곰인 줄 알고 놀라서 총검을 휘둘러 배리를 죽여 버린 것이다. 영웅 같은 개의 슬픈 운명이다. 진정하자. 이것은 영웅담을 만들어 내려고 극화시킨 어느 작가의 오류로 밝혀졌다. 이렇게 만들기보다 진정에 호소하는 콘텐츠가 더 오래간다는 것을 몰랐을까.

사실 배리는 그 뒤 스위스 베른에서 2년 정도를 더 살다가 죽은 뒤 파리 근교의 무덤에 묻히고 기념비도 세워졌다. 그 뒤 월트 디즈니는 '위대한 배리'라는 텔레무비 프로그램을 만들었고, 200살 기념 전시 잔치도 열었다. 세인트버나드 도그박물관은 배리 유해를 빌려 와 기념행사를 열기도 했다. 그리고 배리라는 이름을 그 병원에서 태어나는 강아지들에게 기념으로 붙여 주기도 한다. 이처럼 눈처럼 하얀 마음의 배리는 사람들의 기억 속에서 여전히 사랑받고 있다.

미국으로 건너가 비슷한 감동을 찾아보자. 클리브랜드 자연사박물관에는 박제된 발토(Balto)의 모습이 전시되어 있다. 때는 1925년 1월, 미국 알래스카 서쪽 끝 놈(Nome) 지역에 디프테리아가 발생해서 어린이들이 죽고 마을은 혼란에 빠졌다. 앵커리지(Anchorage)에서 치료용 혈청을 가져와야만 했는데 기찻길도 없고 비행기도 위험해 방법이 없어 다들 애를 태우고만 있었다. 고심하던 사람들은 개 썰매를 생각해 냈다. 기차가 연결된 역까지 혈청을 실어 오면 200마리의 썰매견들이 달려가 그것을 받아 오는 시나리오를 짠 것이다. 영하 50도인 데다가 강풍 때문에 한 치 앞도 볼 수가 없는데 1천100km나 되는 먼 거리를 다녀와야 했으므로 성공 가능성은 희박했다. 더구나 마지막 85km는 난코스였다. 그런데 여기서 리더로 선발된 발토는 127시간 30분을 내달려 생명을 건 위대한 질주에 성공했다. 발토 덕분에 천여 명의 어린 목숨을 살릴 수 있었다. 그야말로 눈 속에서 핀 러브 스토리였다. 발토 이야기는 영화로 만들어졌고, 센트럴파크에는 이를 기념하는 발토동상도 세워졌다.

인간과 동물 사이에 소소하게 정을 주고받은 다른 이야기도 많지만 눈꽃 천사 개들의 이야기는 유독 기억에 남는다. '눈꽃 개'들의 천사 같은 이야기와 이를 문화예술 콘텐츠로 간직하는 박물관, 그리고 기억해 주는 사람들까지. 모두가 고마운 존재다.

눈 내릴 때 이리저리 폴짝폴짝 뛰어다니는 귀여운 개의 모습 뒤에는 이처럼 인간의 생명을 구하는 본성이 숨겨져 있는지 요즘도 가끔 미담이 들려온다. 무너진 건물 더미 속에서 생명을 구하거나, 산속에서 헤매는 조난자를 발견해 구조하거나, 테러 폭탄물을 찾아낸 이야기들 말이다.

반려동물 이상의 진한 감동을 주는 리얼 스토리는 바로 우리 곁에서 계속되고 있다. '개 같은'이라는 말 함부로 쓰지 말자.

4. 바나나와 어린애, 유전자 동족

해외여행 중에 어느 식품홍보 담당자에게 무심코 들은 한마디가 충격이었다. 어떤 식물과 인간의 유전자는 거의 90%가 같단다. 아주 나지막한 목소리로 단호하게 힘주어 내뱉던 그의 말은 도대체 무슨 뜻인가. 사람과 바나나의 유전자가 어떻게, 아니 얼마나 같을 수 있을지 여행 내내 궁금해 뒷골이 당길 지경이었다.

이렇게 뒷골이 당길 때는 국민의 친구 '네박사'를 뒤져 처방전을 받아야 한다. 어떤 이는 90%, 어떤 이는 50%, 또 어떤 이는 25%가 일치한다고 말해 한 번 더 충격을 받았다. 인터넷 사랑방에 떠도는 수다가 그저 그렇고 그런 이야기라 하더라도 어찌 나만 모르고 있었던가 하는 충격이다.

비율은 차치하더라도, 식물과 인간이 어떤 유전자를 조금 아주 조금쯤은 공통으로 가질 수야 있겠지. 그렇지만 밑도 끝도 없이 90%나 같다고 해 버리면 같은 90%는 무엇이며 또 다른 10%는 과연 무엇이란 말인가.

길가 나무에 매달린 바나나가 괜스레 트집거리로 내 눈에 들어왔다. 그래, 바나나와 인간은 세포 기능이 서로 같고, 산소를 같이 사용하며, 근본적으로 증식이 이뤄지는 점이 같다. 생물적 유전자야 같다고 쉽게 받아들일 수 있겠다. 그렇지만 나무 끝에 대롱대롱 매달린 바나나와 우아한 내가 같은 유전자로 살아간다는 것은 어째 좀 상상이 되지 않았다.

손가락은 바쁘게 다시 박사들의 박사라는 '구박사'댁으로 찾아갔다. 그런데 과학지 발표를 보니 이러한 내 투정은 어리광에 불과할지도 모른다는 생각이 들었다. 이미 학자들은 인간과 식물의 세포를 부분적으로 융합시켰고, 부작용 없이 완성하기에 이르렀다고 나와 있었다. 그렇다면 이미 인간 염색체를 유지하는 구조가 식물 염색체에서도 작용한다고 판단한 것 아니겠는가.

16억 년 전에는 공통의 선조였던 것이 유전자 발현으로 보존되어 오늘에까지 이르러 나타난 결과라고 한다. 식물과 동물 양측에 보존되어 있는 기능은 생물에게는 매우 중요하고 근본적인 것이며 이것이야말로 진화의 수수께끼를 푸는 하나의 단서가 된다고 한다. 어디선가 들어 본 이야기인 것 같아 진지하게 들여다보니, '동물적 인간론'이나 '식물적 인간론'이라는 생각이 스친다.

푸하하하! 나는 여기에서 나의 최근 생각을 지지할 뒷심을 얻고 여유 있는 미소를 즐길 수 있었다. 이 떠돌이 유성 같은 학설들이 사실이라면, 약초 같은 식물 뿌리를 달여 먹고 병든 몸이 낫는 것이 당연하다. 나아가 신체적 치유뿐만 아니라 심리적으로 치유되는 것도 틀림없을 것이다.

나는 그동안 '반려 식물'이니 '동반 식물'이니 하는 것을 막연하게나마 즐기고 있었다. 학기가 시작되면 내 방의 부켄빌리아는 꽃을 피워 한 학기 내내 친구가 되어 줬다. 심심하면 혼잣말보다는 그 친구와 그래도 인간적인 대화를 나눴다. 이 친구는 꼬리치고 소리 내서 사랑을 구걸하지도 않고, 오직 빵긋 피어나 나를 달래 주고 나의 피곤한 심상을 치유해 주었다.

식물을 인생의 반려로 맞는 이들이 점차 많아지고 있다고 한다. 식물과 인간의 유전자가 비슷하다는 말에 놀랐던 것은 잠깐이고, 이제는 오히려 참 다행이고 고맙기까지 하다. 이래저래 식물은 참 고마운 존재다.

바나나를 들고 있는 어린이의 모습, 이 두 '유전자 종족'을 이제는 아주 가깝게 볼 수 있겠다. 그런데 아이가 바나나를 먹고 있다면 무슨 생각을 해야 할까. 채식주의자 친구에게 물어보면 아마도 주먹이 날아오겠지.

5. 여행에서 만난 지식

외국여행을 떠나는 사람들이 크게 늘어나면서 여행에서 얻은 가치 탐험이 우리 사회에 얼마나 도움이 되는지 생각하게 된다. 여행은 개인의 여가에 그치지 않고 우리 사회의 새 문화를 만들어 가는 데도 도움이 되기 때문이다.

17세기 중반부터 19세기 초반까지 유럽의 상류층 자제들 사이에서는 그랑투어(grand tour)가 유행이었다. 고대 그리스 로마 유적지를 둘러보거나 르네상스를 꽃피운 이탈리아, 예술의 도시 파리를 2~3년 동안 여행하는 것이다. 튜터가 동반한 이 단체 여행으로 유럽 지배층들끼리는 서로 동질성을 확인하기도 했다. 실제로 새로운 예술이나 건축이 발달하고 계몽사상이 널리 퍼지는 데에 큰 영향을 미쳤다.

우리 선조들도 고려 말부터 조선시대에 이와 비슷하게 지식인들이 유행처럼 중국을 체험했었다. 그 뒤 조선의 도자기 예술단과 신사 유람단은 일본을 드나들며 문화를 전파해 주는 통로가 되기도 했었다.

여행은 국가 영토를 가로질러 문화 영토를 뚫어 준다. 걸으면서 문화를 교류·교감·교환하고 전파하여 마침내 문화를 발전시켜 준다.

추사 김정희(金正喜, 1786~1856)는 여행에서 얻은 교훈을 후세에 잘 전해 준 인물이다. 추사는 연경에 사신으로 간 아버지의 '연행'에 따라나섰다. 갓 24세에 중국에 가서 2개월 남짓 머물면서 당대의 원로 거물들과 교류했다. 처음에는 그 짧은 기간 동안에 그가 뭘 얼마나 할 수 있었을까 의문이 들었던 것이 사실이다. 그런데 자세히 들여다보니 추사의 방문을 전후로 매우 적극적으로 교류해 큰 수확을 거둔 것을 확인할 수 있었다. 더구나 연행이라고 하는 것은 공식적인 국가 행사였고 사신을 수행했던 젊은 학자들은 연행의 과정에서 지식 습득에 열중할 수 있었을 것이다.

그래도 사전에 충분히 준비하지 않았다면 이런 기회에 갑자기 그 많은 활동성과를 거두기는 어려웠을 것이다. 그러나 추사는 일찍이 그의 가정교사 격인 박제가로부터 이미 청나라 연경의 실정을 익히 들어 알고 있었다. 그래서 일찍부터 '북학'을 이해하고 스스로의 눈으로 집대성할 만한 지식을 갖췄던 것이다. 그러니 어린 추사가 원로 옹방강을 처음 만나 필담을 나누었을 때 해동 제일의 문장가(經術文章海東第一)라고 격찬을 들은 것 아니겠는가. 아무튼 실질적으로 머물렀던 기간은 짧았지만 연행 전후로 지속적인 노력을 기울였다고 해석하는 데에는 더 의심할 필요가 없다.

옹방강(翁方綱, 1733~1818), 완원(阮元, 1764~1849)을 만난 것이 인적교류의 시작이었다. 옹방강은 이미 최고의 서화 감식가이자 소장가였다. 53살의 나이 차이가 있지만 한번 맺은 인연을 시작으로 추사는 귀국한 뒤에도 편지를 나누며 가르침을 받았다. 옹방강의 문인이던 주학년(朱鶴年, 1760~1834)과도 활발히 교류했다. 나중에는 옹방강의 아들 옹수곤이 조선의 문인 가운데 최고의 장서가였던 심상규와도 인연을 이어가게 된다. 인적교류에서 출발해 학문 지식이나 예술을 교류할 계기가 줄줄이 이어진 것이다.

추사가 옹방강과 완원을 스승으로 얼마나 존경하고 따랐는가는 그의 호를 보면 알 수 있다. 옹방강의 호가 담계(覃溪)였기에 서실 이름을 보담재(寶覃齋)로 하고, 완원의 완을 따서 완당(阮堂)을 당호로 사용했다.

추사는 연경에서 보고 들은 것을 벗과 제자들에게 보여 주었다. 19세기 조선 화단에서 새로운 변화의 기운은 지식인의 여행에서 싹텄고 여기에서부터 꿈틀거렸다.

귀국해서도 많은 청나라 문사들과 교류를 끊지 않고 이어 갔다. 이들은 추사의 동생과도 교류했고, 제자들조차도 그 스승들의 뒤를 이어 연구하며 교류했다. 그들의 교류는 격조 높았고 서로를 향한 존경과 자상함이 배어 있었다. 여행에서 잠깐 만난 것에 그치지 않고, 추사는 이렇듯 문화 네트워크의 자본을 구축하는 데 큰 기여를 하였다. 또한 각종 서적을 확보하는 통로가 되어 추사는 546종 9천여 책을 소장하게 되었다. 그중 1/3 정도는 청나라 학자들의 최신 책이었고, 더러는 학자들이 직접 저술한 책을 기증받은 것이라고 한다.

추사가 여행에서 만난 인물, 얻은 지식, 관리한 네트워크를 바탕으로 조선의 학문과 예술은 새롭게 발전했다. 학문 분야는 더 다양해졌고, 예술적 공감의 토대는 차곡차곡 쌓였다. 이로 인해 시대를 한참 지난 20세기에는 일본에서 새 싹이 텄다. 후지츠카 지카시(藤塚鄰)가 존경하던 추사의 예술세계와 철학을 새롭게 연구한 것이다. 시간의 흐름을 뛰어넘고, 문화 영토를 넘어서 한중일 문화공동체가 추사를 가운데 두고 이루어진 것이다.

이처럼 큰 흐름의 시작은 추사의 여행에서 비롯되었다. 교통 통신이 발달하지 않던 시절, 작은 여행이 씨앗이 되고 문화 나눔의 길이 되는 것은 어찌 보면 당연하다. 오늘날 개념으로 보면 지리 공간적 소통이고 '여행을 통한 지식의 흐름'인 것이다.

거침없이 흐른 시간을 뒤로하고, 여행이 일상이 된 현대 사회의 잣대로 보아도 지식인 추사의 '지식정보 문화' 교류와 인적 기반의 '교류 네트워크'는 그 핵심을 잘 키웠다. 지식 순환의 중요 결절지로서 문화예술 커뮤니케이션 통로를 넓혀 주었다. 또한 추사가 구축해 놓은 문화 네트워크는 문화 협동의 지렛대로 활용될 수 있었다. 제자들까지 나서서 문화 가치를 가지치기하는 새로운 가치 체인이 생겨난 것이다. 한중일 문화 공동체에서 추사는 지식 순환의 중요한 노드(node)로서 역할했다.

그런데 조선의 선비들이 모두 추사가 한 것처럼 중국의 신지식을 받아 우리 실생활에 접목하기 바빴던 것은 아니다. 반대 입장인 그룹도 있었다. 청나라와 전쟁을 거친 뒤 청을 야만족으로 깔보았던 조선의 지식인 그룹이다. 중국 지식인들이 자기들이야말로 동아시아의 문화강국이라고 자부심을 가질 때, 조선의 학자들은 우리만의 정체성에 절치부심하고 있었다.

교류가 빈번했던 일본과의 관계도 전쟁 전에는 우리가 그들에게 많은 첨단 지식을 전해 주고 정신철학이나 예술에서 많은 영향을 주었다. 그러나 전쟁 뒤에는 서로 무시하는 사이가 되었다. 거침없이 흐르는 시간도 이는 어찌하기 어려운가 보다.

여행은 이처럼 문화 교류를 촉발시키는 데 비해, 전쟁은 심각하게 문화 저항을 폭발시킨다. 문화는 서로 영향을 주고받으며 발전할 수밖에

없다. 꼿꼿한 선비들의 자주정신과 함께 여행에서 얻은 지식도 소중하

게 남겨야 하는 것은 예나 지금이나 맞다.

6. 어린 왕자와 어른 왕자

생텍쥐페리의 『어린 왕자』에서는 '어린' 왕자가 마치 '어른' 왕자처럼 말하는 대목이 많다. 순수하고 어린 마음인데도 세상 물정 다 안다는 듯이 말하는데, 그것이 또 어른스러운 생각과 맞닿아 있고 오늘날 상황에도 딱 맞아 떨어진다. 그래서 어른들을 위한 책으로 오랜 시간 사랑을 받으며 읽히나 보다.

어른 왕자인 효령대군(1396~1486)에 대해서 사람들은 어린 왕자 시절에 외압을 받아 왕위를 양보한 분으로만 기억하고 있어 안타깝다. 단적인 이미지만 대표적으로 기억하고 있는 것이다. 그런데 대군의 일생을 통해 정말 빛났던 어른 왕자로서 남긴 행적들이 오히려 더 교훈적이다.

대군의 모습은 생텍쥐페리 소설과는 거의 450년 차이가 있지만 비슷하게 되풀이되는 몇 가지가 재미있다.

대군은 자연을 사랑하고 자연과 더불어 유람을 즐겼다. 경치 좋은 곳에는 '희우정' 같은 정자를 짓고, 북을 치면서 풍류를 누리기도 했다. 소설 속 어린 왕자도 자연과 더불어 이야기를 만들어 내고, 여섯 개의 별나라를 여행하면서 다양한 흔적을 남겼다. 오늘날 화석연료가 남긴 환경 파괴를 걱정하는 마음도 서로 맞닿아 있다.

대군은 당시로는 드물게 90세까지 장수하면서 아홉 왕의 삶과 함께 지냈다. 그 과정에서 어른 왕자로서 종친들의 화합은 물론 왕족의 교류에도 크게 기여했다. 피비린내 나는 왕권 쟁취를 둘러싸고도 바위를 만나면 부딪치기보다 옆으로 비켜가는 물처럼 어울리며 살았다. 지혜와 경륜이 넘치는 어른으로 숭상을 받았기에 가능했을 것이다.

생텍쥐페리의 어린 왕자도 더불어 사는 삶을 소중히 생각했다.

"세상에서 가장 어려운 것은 사람의 마음을 얻는 일이다. 얼굴만큼이나 다양한 수만 가지 마음을 머물게 한다는 것은 정말 어려운 일이다." 참 어른스럽게 말한다.

대군은 생명존중 사상이 뚜렷했다. 불교의 화엄경 사상을 받아들여 다양한 종교 활동으로 사회를 순화시키는 데 힘썼다. '부모은중경'을 번역하여 생활 속에서 실천덕목으로 삼게도 했다. 소설 속 어린 왕자도 유기체와 친화적인 삶을 살아야 한다고 여러 곳에서 강조한다. 심지어 외로움을 떨쳐 내려고 장미와도 친구로 지낸다.

대군은 술이 약해서 통치자로서 카리스마적 리더십을 보이지 못한 것으로 평가 절하되기도 했다. 실록에도 등장하는 이 술 이야기는 사실 대군이 '중용과 절제'를 귀하게 여기고 행동으로 실천한 탓이다. 어린 왕자도 술이 약해 술을 못 마시는 것이 부끄러워서 술고래가 사는 별에서 술 마시는 술고래 곁을 떠난다. 어린 왕자도 '어딘가에 오아시스를 감추고 있는 사막'을 좋아하는 것을 보면 뭔가 절제된 신비를 귀하게 여긴 것 같다.

대군은 회암사, 광덕사, 연주암 등에서 국태민안과 평안을 비는 불사를 아끼지 않았다. 손자와 함께 왕실 모임에 꼭 참석하여 화합의 귀감이 되고 책임감을 보여주는 점이 조선왕조실록에 잘 나타나고 있다. 어린 왕자는 결국 지구별에 오게 되는데 여기서 여우 친구를 만나 '우정', '책임' 등을 듣게 되고 이 말 때문에 여우와 가까워진다.

효령대군은 오랜 역사를 뒤로하고 여전히 사랑을 받고 있다. 효령대군의 자연 사랑, 인자함, 양보, 친화 정신 등이 현대의 '사회적 자본'으로 숙성되도록 잘 생각하고 가르쳐야 한다. 실록이나 관련 역사 문헌 번역서들이 많이 등장하면서 대군을 새롭게 조명하고 있다.

결국 자신의 별로 돌아가는 어린 왕자의 선택이 뜻하는 바도 바로 이러한 사회적 자본 때문 아니겠는가.

어린 왕자는 말한다.

"마음으로 봐야 잘 보인다. 정말 중요한 것은 눈에 보이지 않는다."

7. 호 부자 추사 김정희

　면접을 볼 때 나는 지원자의 이메일 아이디를 눈여겨본다. 그 사람만의 철학이나 생각이 담겨 있는 별명일 수도 있으니까. 이름은 대개 부모가 지어주고 다른 사람들이 평생을 부른다. 자기 스스로 이름을 짓는 것은 아마도 이메일 아이디가 처음일 것이다. 나도 처음 만든 내 이메일 아이디를 평생 쓰고 있다. 그래서 이메일을 보면서 그 사람의 생각을 훑어보는 것이다.

　오늘날 사람들의 아이디는 옛사람들의 호와 같다. 남이 만들어 주는 호를 쓰거나, 자기의 생각이나 철학을 담아 스스로 호를 짓기도 했다.

　조선시대에 호가 가장 많은 예술가로 알려진 사람은 추사 김정희다. 전문 연구에 따르면 343개에서 503개에 이를 정도나 되며 보통은 100여 개가 쓰였다고 한다. 자유로운 창의성으로 꽉 찬 그는 난초를 그릴 때마다 각각 다른 호를 만들어 사용하였다고 한다. 그래서 호가 그리도 많다.

　추사는 요즘 식으로 말하면 텍스트 예술가, 문자 예술가, 통섭학자이다. 합쳐서 융합융화 예술가라고 할 수 있다. 그의 융합 정신은 실제로 여러 분야에서 실천되었다. 그래서 나는 그를 '융합 실천론자'라고 부른다.

지식이나 학문에서 말하는 통섭(統攝)은 '지식의 대통합'이다. 다양한 학문을 횡단면으로 꿰뚫어 보는 방식이다. 이 같은 융합은 새롭게 표현하고 창조하기 때문에 새 관점, 재미, 기술발전, 진화를 가져다준다. 나는 이를 '융합융화의 미학'이라고 부른다.

추사는 교류 경험을 바탕으로 여러 분야에서 융합과 통섭활동을 펼쳤다. 고증학, 금석학, 실학사상, 역사학, 불교학, 시, 서, 화, 차에 관한 연구만으로도 충분히 증명된다. 금석학에서만 7천여 권의 자필 저술을 남겼다. 실학과 성리학을 조화시켜 창조적으로 발전시키는 특징도 돋보였다. 동갑내기 친구인 초의선사와 교우하면서 불교학 특히 선지식에서 해박하게 꽃피운 것으로 알려져 있다. 그런 점에서 추사는 이미 학문적 통섭을 실천한 '실천 융합론자'이다.

조선시대부터 우리나라는 지식과 학문에 기반으로 두고 국가발전을 이룩하였다. 조선시대 지식은 대개 국가발전 이론이었고, 지식인은 학문적 지식을 활용해 현실 정치에 참여했다. 오늘날에도 그들의 인문, 역사, 철학을 바탕으로 실사구시의 교육과 예술을 이어가고 있다.

지식발달 체계의 역사는 오늘날 지식정보 사회 국가발전 모형으로도 의미가 커 우리는 이를 자랑스럽게 여겨도 된다. 그중의 하나로 융합을 들 수 있으므로 추사는 당연히 존경의 대상이다.

지식은 대개 문자로 표현한다. 그 문자를 예술로 표현하면 서예(문자예술)가 된다. 서도, 서법, 서예가 모두 문자예술이다. 인류역사에서 인쇄술이나 활자의 발달은 문화발달에 큰 기폭제가 되었다. 흔히 서양에서 구텐베르크의 인쇄술이 지식발달에 기여했다고 말한다. 추사의 금석학이나 문자예술인 서예 또한 이와 마찬가지로 지식과 문화 발달에 크게 기여했다고 볼 수 있다.

오늘날 한국이 IT 글로벌 강국을 누리는 것과 무관하지 않을 것이다. 문자의 기능, 금석학 기반의 인쇄술이 지식의 신속 정확한 전달에 크게 기여했다. 그런 점에서 추사는 지식중심 커뮤니티 형성과 발전에도 기여했다고 봐야 한다.

화가 제니 홀저(Jenny Holzer, 1950~)는 색을 종이에 칠하던 방식의 미술을 벗어나 색을 텍스트로 표현하기로 작심한다. LED에 텍스트로 표현한 작품으로 진실성을 추구했다. 문자 기반의 예술과 지식이 그대로 트루이즘 실천으로 이어진다고 말할 수는 없겠지만, 기여하는 바는 분명했을 것이다.

추사는 지식 그룹의 리더였고 그 뒷 페이지에 오늘날 학문의 발달과 대학 지식 커뮤니티의 발달, 집단 지식의 활약 같은 것이 자연스럽게 줄지어 나타났다.

결국 추사의 융합활동은 사회의 여러 부분과 결합하면서 새로운 사회 문화의 동력을 일으키고, 새로운 문화 다양성을 창출한 것이다.

8. 산타 할배 모셔 오기

"이야기 좋아하면 가난하게 산다."

어릴 적에 이야기 들려 달라고 보채는 손자에게 할머니께서 하시던 말씀이다. 그러면서도 할머니는 늘 옛날이야기 책을 읽어 주셨다. 그때 그 시절 재미난 이야기를 많이 들은 덕에 흥미로운 이야기로 지금도 강의를 제법 하는 것 같다. 동생들도 어릴 적 할머니께서 들려주시던 이야기들 덕분에 방송 드라마나 수필 무대에서 활약하는 것 같다.

콘텐츠 시대의 스토리텔링은 지구의 적도선과 같다. 스토리텔링이 콘텐츠 마케팅의 성패를 가른다. 젊은이들은 재미있는 스토리를 좋아하고, 사람들이 선호하는 관광지도 자연경관에서 스토리가 있는 곳으로 바뀌는 추세다.

이제는 지역의 스토리 구조가 지역과 방문객을 감동으로 연결해 준다. 지역들은 자연, 문화, 생활, 산업을 바탕으로 이야기를 만들어 방문객들에게 새로운 상상의 나래를 펼쳐 준다.

핀란드 북쪽 로바니에미는 인구 6만의 작은 도시인데 산타 이야기를 만들어 방문객들에게 꿈을 심어 주며 먹고산다. 그 이야기를 따라 찾아오는 사람들을 동화 속 주인공으로 만들어 주는 스토리도시이다. 나는 이 도시를 스토리텔링으로 성공한 도시로 꼽는다.

로바니에미에는 산타 할아버지가 살고 있다. 빨간 포대자루 같은 옷 위로 석 자나 되는 하얀 수염을 휘날리는 맘씨 좋은 할아버지, 남산만 한 배를 씰룩거리고 기우뚱기우뚱하면서 늘 웃음 짓는 산타 할아버지, 크리스마스 때만 나타나서 선물을 나눠 주는 맘씨 좋은 그 할아버지가 로바니에미에 살고 있다.

산타 할아버지가 살게 된 이야기는 이와 같이 전해진다. 산타 할아버지가 있다고 믿는 어린이들이 '이런 선물을 주세요', '저런 선물 갖고 싶어요' 하며 편지를 보내곤 했다. 편지를 배달해야 하는 이 동네 우편배달부는 도대체 이 편지들을 어디로 배달해야 할지 몰라 그냥 모아 두었단다. 그러다가 어쩔 수 없이 자기가 답장을 쓰게 되었고, 그 일이 여러 번 있게 되니까 아이들은 산타 할아버지가 로바니에미라는 동네에 산다고 믿게 된 것이다.

그렇게 되자 언제부턴가는 아이들이 산타 할아버지를 만나러 찾아오고, 마을 어른들은 어쩔 수 없이 산타 할아버지가 사는 집을 만들었다. 풍채 좋은 사람을 뽑아서 당연히 산타 할아버지라고 앉혀 놓고 산타 노릇을 하게 했다. 그러던 것이 오늘날은 전 세계에서 어른 아이 할 것 없이 산타를 만나러 비행기를 타고 올 정도가 되었다고 한다.

로바니에미를 여행하던 중 나도 산타 할아버지를 만나러 가는데 아무리 나이를 먹었다 해도 설레는 것은 어쩔 수 없었다. 2층 계단을 올라가 오른쪽으로 돌아가니 집채만 한 사람이 앉아 있어 깜짝 놀랐지만 틀림없는 산타 할배였다. "어서 오세요, 어디에서 왔나요?" 할아버지가 먼저 큰 목소리로 인사를 건네 왔다. 한국에서 왔다고 하니까 고개를 들고 천장을 쳐다보며 뭔가를 한참 생각하더니, 귀청이 떨어지게 큰 소리로 "안녕하세요, 반갑습니다" 하며 우리말로 인사를 해 왔다. 그러더니 손짓으로 자기 곁으로 가까이 올라오라고 해, 멀리서 보던 나는 감격해 얼른 할배 곁으로 올라갔다.

곁에서 자세히 보니 안경을 쓴 산타 할배가 너무나 잘생겼고, 또 인자하게 생겨서 동네 사람 같았다. 꼭 손자들에게 옛날 이야기 해 주듯이 나에게 이런저런 이야기를 친절하게 해 주고는 함께 사진을 찍자고 하며 나를 잡아당겼다. 황송해서 할아버지와 사진을 찍고 공손하게 배꼽인사를 하고 나왔다.

아, 산타 할배를 직접 만나다니. 계단을 내려오는데 사진을 찾아가라고 해서 들여다봤더니 내가 마치 아기처럼 산타 할배 품에 포옥 안겨 있어 한참을 웃었던 기억이 있다. 그때 하늘은 어찌도 그리 맑고 밝으며, 세상은 얼마나 아름답고 즐거운 천국 같던지….

산타를 만나면 누구나 애가 될 듯했다. 바로 이것이다. 이야기를 만들고, 추억을 남겨 주고, 그 추억으로 인해 재방문을 하게끔 만드는 것이다.

나는 그때 이 산타 할아버지를 한국으로 초청해야겠다고 생각했다. 함께 갔던 로바니에미 시에 근무하는 국장에게 간곡히 부탁을 했다. 그리고 마침내 산타 마을 원조 산타가 우리나라를 최초로 방문하게 되었다.

"그런데 저 산타가 한국으로 와 버리면 산타를 만나러 온 사람들이 못 만나게 돼 실망할 텐데 걱정이네요."

"에이, 걱정은 무슨, 또 예비 산타가 있어요."

우리는 고개를 뒤로 젖히며 함께 웃었다. 이 세상에 산타는 꼭 한 명만 있을 거라는 단순한 생각이 즐거움을 더해 주었다.

핀란드에서는 해마다 산타를 공개모집한다. 체격이 크고, 몸무게가 많이 나가고, 건강하고, 얼굴이 둥글게 생기고, 잘 웃고 여러 나라말도 잘하는 사람을 선발한다. 선발된 산타는 돌아가면서 큰 의자에 앉아서 손님맞이 '근무'를 한다. 산타가 외국에 가면 다른 대리 산타가 교대 근무를 하는 것이다.

그 말을 듣고 나니 좀 빈정 상했다.

"월급은 얼마나 주남요?" 내가 삐진 말투로 물어봤다.

맘씨 좋은 그 국장은 둘째 손가락을 세워 좌우로 흔들면서 "없어"라고 한다. 속으로 "에이 장삿속이구만" 심사가 뒤틀린 나는 이렇게 대답했다.

내친김에 한국에 데리고 가면 출장비나 출연료도 줘야 하느냐고 물었더니, 또 빙그레 웃으며 "아니"라고 한다.

아! 먹고살기 편한 동네 사람들이 재미나게 사는 방법이라고 생각하니 뒤틀린 심사는커녕 부러웠다.

콘텐츠가 왕이라더니 재미있는 이야기가 제대로 대접받고 있음을 확인한 여행이었다. 오늘날은 감정을 사고팔면서 곳간을 채운다. 우리도 게으름 피우지 말고 감성에 호소하는 마케팅을 서둘러야겠다.

이왕이면 스토리를 만들면서 지역다운 터 무늬를 함께 엮고, 손님을 불러오는 매력 소스를 듬뿍 뿌리면 더 맛있겠다. 스토리를 만들고, 텔링과 액팅을 엮어 삼각기둥에 광고판을 내걸어 보여 주는 전략이 먹혀들 것 같다. 이제 사람들은 덩치 큰 첨단건물이나 얄팍한 프로그램보다 무엇인가에 담겨 있는 의미를 높게 친다.

인간의 삶도 의미를 함께 만들어 가고, 쌓아 가고, 다시 회상해 가는 여정이 아닌가 싶다. 도시들은 그 터를 둘러싼 이야기를 만들어 팔며 사람들을 유혹한다. 꿈을 꾸게 만들고, 환상적인 주인공으로 만들어 주면서 말이다.

이왕이면 그 이야기를 찾아서 온 사람들에게만 들려주기보다는 디지털 스토리텔링으로 꾸며서 멀리멀리 내보내면 어떨까.

9. 술術과 도道

기술이 만능이라는 세태 속에서도 굳이 도(道)를 더 강조하는 삶이 있다. 붓글씨도 예술로는 서예라고 부르지만, 수양하는 이는 서도라 한다. 검을 휘두르는 데도 뛰어난 솜씨를 자랑하는 무술이 있는가 하면, 오랜 시간 심신을 닦아 온 수련은 무도라고 부른다.

얼핏 생각해 보면, 술은 기술적인 것이고 도는 기능적인 차원으로 보인다. 표현에서 다루는 위상이 달라서 술보다 더 차원이 높아지면 도가 되는지는 모르겠다. 사람들이 단어를 활용하는 예시를 바탕으로 해서 볼 때 잔꾀나 부리는 술과 인격 수양을 바탕으로 목적을 갖고 연마하는 도를 구분하여 사용하는 것인가.

정상에서는 모든 것들이 다 만나게 되므로, 정상에 올라온 사람들에게는 도와 술이 그리 큰 의미가 없을지 모른다. 그런데 평범한 사람들은 그 정상에 오르는 과정에서 뒤틀리며 고생하고 열병을 앓는다.

전술과 모략으로 정상에 오르는 역동적인 삶을 재미나게 표현하는 이야기는 역사 속에서 그리고 생활 주변에도 넘쳐난다. 나랑은 직접 관계 없이 먼 발치에서 그냥 엿보기로는 그것만큼 쏠쏠한 재미도 없다.

술로 가득한 권모술수나 잔머리는 아무래도 오래가지 못한다. 그 짧은 순간에 뛰어 봐야 벼룩이기에 소총명(小聰明)이라 부르지 않던가. 어찌 그러한 얄팍한 지모에 세월을 보내고 마는가.

이슬 같은 삶을 사는 인간이기에 그런가. 초나라 남쪽 장수거북은 500년 단위로 봄과 가을을 센다고 선인들은 비유한다. 100년도 못 사는 인간이 천년을 살 것처럼 시도 때도 없이 요사스러운 술로 제 눈을 찌르고 있다.

도를 체득하고, 물들어 심취하며 즐기고 노니는 소요유(逍遙遊)는 장자가 자랑하는 삶의 경지다. 물처럼 유동적이고 산처럼 중후하게 우선 마음가짐을 단정히 정리한 뒤에나 넘겨다볼 수 있지 않을까.

생활 속에서도 작은 성취에 몰두하면서 큰 것을 놓치지 않아야겠다. 작은 칭찬에 우쭐하지 않고, 비난에도 기죽지 않는 당당한 삶의 모습으로 '도' 근처에라도 다가가면 다행이다.

사람을 사람으로 대하는 인도주의에 이르는 길은 수많은 술을 거쳐서 마침내 이뤄 낸 경지다. 그런 세상에서는 사람으로서 마땅히 걸어야 하는 길을 안내해 주고, 인간을 인간으로 보고, 인간으로 대접하며 대접받는다. 너무도 당연한 것이 왜 이리도 어려운가.

각종 정보와 기술의 유혹이 생활 속을 넘실거리고 도를 넘은 지도 오래다. 정보사회와 민주사회의 반작용인 셈이다. 각종 기술이 사회에 흘러들어 와 넘칠 때 사회는 술과 도가 함께 아름답게 공진화하도록 인식을 공유하고 공감의 토대를 만들어 가야 한다. 함께 기반을 준비하고, 여러 제도를 만들어 가는 지혜가 단계적으로 필요하겠다.

지금 새로운 기술이 빠르게 흘러들어 오는데 미처 이런 준비를 거치지 못한 상태에서 생활을 어지럽히는 각종 못 믿을 사술들이 함께 늘어가

니 걱정이다.

단지 술에서만 그치지 않고 소요유(逍遙遊), 유어예(遊於藝)를 병행하는 '예술정신이 배인 기술사회'로 나아가도록 해야 물 흐르듯 또는 큰 산에 이르듯이 도에 이를 것 아니겠는가.

10. 시간 공간 인간, 간 맞추기

갑자기 스피치를 해야 할 때나, 세미나 사회 마무리를 할 때 정리하기 좋은 프레임을 하나 만들어 쓰고 있다. 별거 아니고, 시간·공간·인간의 3간이 조화롭게 갖춰져야 한다는 취지의 '3간론'이다. 음식은 재료가 신선해야겠지만 간이 잘 맞아야 하듯이, 무슨 일이든지 3간의 조화를 잘 갖추자는 뜻이다. 내가 생각해도 그럴듯해서, 가끔 절묘하게 맞아떨어지는 재미를 보곤 했다.

그런데 내가 이야기하는 시간과 공간은 너무나 단순한 이야기에 불과하다. 역사를 시간의 흐름으로, 영역을 공간의 구성으로 이야기하면 끝이다. 여기에 생태계의 주인공은 늘 인간이므로 더할 나위 없이 공감되는 인간 이야기를 보태는 격이다.

"과학자들 가운데 가장 혁신적인 과학자는 언제나 미술가나 음악가이거나 시인이다."

노벨화학상을 맨 처음 받은 네덜란드 화학자 야코뷔스 반트 호프(Jacobus Henricus Van't Hoff)의 생각이다.

흔히 과학은 좌뇌, 예술은 우뇌가 별개로 작용한다고 한다. 그런데 '창조성'에 초점을 맞추면 두 경계는 자연스럽게 허물어진다. 특히 물리학과 미술의 결합에서 상호작용이 두드러진다고 한다. 왜냐면, 미술 표현 방식은 시각적이기 때문에 물리학 이론을 가장 효과적으로 표현할 수 있기 때문이다.

이론적으로 보면 아인슈타인의 '상대성 이론'과 피카소의 '큐비즘'이 만나서 논리적으로 공진화하는 것이다. 고전 물리학에서는 시간과 공간이 절대적으로 존재한다고 생각했다. 나의 초보적인 생각도 늘 여기에 머물러 있었다. 그런데 아인슈타인의 상대성 이론에 의해서 이것이 깨졌다. 화가들은 새로운 시·공간의 개념에 영향을 받아서 이를 작품에 반영하게 되었다.

피카소는 3차원의 공간에 시간이라는 차원을 더해서, 4차원의 개념으로 그림을 그려 냈다. 그의 작품 「아비뇽의 여인들」은 파리 인류사 박물관에서 아프리카인들의 조각품과 가면을 보고 난 뒤에 나온 것이다. 원시 예술품에서 감명받아서 그다음 해에 그려 낸 작품이다. 차원을 더한 작품 표현 덕분에 이 그림은 입체파를 대표하는 작품으로 꼽힌다.

나는 이 대목에서부터 벌써 머리가 아파 오기 시작한다. 피카소는 물체의 완전한 모습을 2차원인 단면에 담아 내려 했다. 그래서 사물의 앞, 뒤, 위, 아래, 양옆의 6면을 상대적으로 모두 분해해서 펼친 그림을 그린 것이다.

이윽고 사물의 큐브를 해체하여 그리는 큐비즘 이론은 상대성 이론과 함께 발전을 거듭했다.

피카소의 그림 「화장대」, 「공장」이나 조르주 브라크(Georges Braque)의 「술병과 생선들」, 「물병과 바이올린」은 이를 제대로 표현한 수작이라고 평론가들이 칭찬한다. 브라크의 그림을 본 앙리 마티스가

큐빅만으로도 이렇게 그릴 수가 있구나 하고 감탄하면서 큐비즘(입체주의)이라고 이름 붙이게 되었다.

결국, 입체파나 큐비즘 미술은 사물을 보이는 시각 그대로 표현하던 방식에서 벗어나 '보이지 않는 부분까지' 사고 체계를 통해 그려내는 것이다.

현대사회만큼이나 어지러운 현대미술이다. 전혀 연결되지 않을 것 같은 물리학 이론이 미술에도 영향을 주어 현대미술의 다양성이 소용돌이친다.

영화 「타이타닉」에서 약혼자에게 쫓겨 다니는 신세가 된 여주인공 로즈는 문득 벽에 걸린 피카소의 「앙브루아즈 볼라르의 초상」 앞에서 발길을 멈춰 선다. 감동을 받고 혼잣말로 중얼거린다.

"마치 꿈을 꾸거나 그런 비슷한 환상 속에 있는 것처럼 이 그림은 매혹적이야. 논리적이지는 않지만 어떤 진실이 느껴져…."

쫓고 쫓기는 숨 막히는 '시간', 아무리 크다 해도 물 위에 떠 있는 배라고 하는 '공간', 4차원 작품 앞에서 선 4차원 '인간'. 도망치는 발걸음을 묶어 둔 이 감상평을 어떻게 받아들여야 할지 3간이 빙빙 돈다. 아니 절박하게 쫓기는 사람이 짧은 그 순간에 큐비즘 예술의 극치라고 볼 수 있는 작품과 소통이 되고 또 전율로 나타났다면, 그것은 바로 예술의 힘일 것이다.

11. 전국이 통째로 부엌

지금 TV를 켜면 언제 어디서나 먹는 장면이 톡톡 튀어나온다. 절대 빈곤을 탈피한 지 오래고, 재미있는 콘텐츠들이 넘쳐나는데도 유튜브는 물론 화면이라고 생긴 것들은 모두 형이하학 잔치를 벌인다. 그렇게라도 대리만족을 채워야 정서적 허기를 면한다느니, 시청률 때문에 그런다느니 핑계도 많다. 내가 이해하려고 용을 써 보는 수밖에.

지금 같이 풍요로운 시대에 음식은 이제 소통 도구가 되었다. "나중에 식사나 한번 합시다"라는 헤어질 때 하는 인사 때문에 언제 연락이 올까를 기다리는 사람은 없다. "잘 가"라는 말의 대용으로, "한번 봐"라는 말로 자리 잡은 지 오래됐기 때문이다.

금강산도 식후경이라는 수준으로 간단히 한 끼 초청했다간 실수가 된다. 그냥 목구멍으로 넘기는 '음식물'이 문제가 아니고 분위기, 대화, '즐거움'이 함께 박자를 맞춰야 하기 때문이다.

조선시대에 중요한 회의는 식사를 먼저 함께한 뒤에 진행했다고 한다. 푸근해진 마음으로 너그럽고 원만히 회의를 끝낼 수 있기 때문이다. 나도 몇 번은 회의 참석자들과 함께 식사를 먼저 하고 나서 회의를 열어 온 고지신을 실천해 본 적이 있는데 확실히 차이가 있다. 싸우고 나서 식사하며 소통 시간을 갖기보다, 즐겁게 식사하며 대충 소통을 한 뒤 회의를 하면 결과가 어떨지 쉽게 미뤄 짐작할 수 있을 것이다.

소통의 한가운데 음식이 있다. 음식은 요즘 영양이나 건강보다는 소통이고 공감대로서의 사회가치가 더 크다. 밥상머리 교육은 세태가 바뀌어 꿈도 꾸지 못하지만, 특별한 외식을 빌미로 시도할 수는 있다.

가정에 전해 내려오는 장독대 맛으로 그 가문의 풍미를 저울질하던 시대는 물론 바뀌었다. 이제는 엄마 맛을 기억하는 대신 TV 홈쇼핑 쇼호스트 누구누구의 맛으로 기억한다.

예전 생활문화에서 비빔밥은 공양이었다. 헛제사밥은 신인공식(神人共食)의 공동체 형성에 도움이 되었다. 오늘날 음식은 공동체 활동으로 생산되고, 인적 관계를 만들어 가는 사회 도구가 되었다. 이제는 TV 채널 공동체 맛이라고나 해야 할까. 원, 맘에 차지 않는다.

모두가 좋아하는 맛을 찾다 보니 모든 맛의 으뜸인 달콤함이 대세다. 달달한 맛은 영원한 맛인가 보다. 박사골 마을의 할머니들은 함께 엿을 만들어서 겨울 한 달에 30억 매출을 거뜬히 올리고 있다. 쇼콜라티에(Chocolatier)라는 초콜릿 동호회의 인기가 제법 많은 것도 단맛이 맛의 정점에 있기 때문이 아닌가 생각된다. 수업하다 잠깐 쉴 때 학생들이 슬그머니 내 탁자 위에 올려놓는 맛도 대개 달달한 맛이다. 그런데 연구실을 찾아오는 학생 손님들은 굳이 차 종류를 들고 온다. 강의실과 연구실의 차이는 무슨 차이일까.

지금 전국이 부엌이다. 음식이 지역 이미지를 들었다 놨다, 지역 경제를 들었다 놨다 한다. 어린애들은 임실이 땅이름이 아니라 무슨 회사 이름인 줄로 알고 임실 치즈를 끼고 산다. 남원의 추어탕, 안흥의 찐빵, 일본 요코스카의 해군 카레 들은 그 지역 이미지일 뿐만 아니라 경제자원이다. 특별한 자원이 없이도 만들어 내는 온갖 축제의 음식 맛 때문에 지역이 살맛 난다. 음식 맛과 멋 때문에 자연관광을 대신해서 문화관광이 날개를 펴게 되었다.

그러니 음식이나 먹을거리로 여는 축제에 예술을 곁들여 한결 맛과 멋이 넘치도록 잘 기획하면 좋으련만. 음식과 잘 어울리는 문화예술 콘텐츠만으로도 지역이 사랑을 받을 테니.

12. 남산언덕 한양공원

아침에 남산을 산책하는 맛에 중독되어 수년간 즐기고 있다. 사랑의 최상급 표현이 환장이라면 나와 남산의 관계를 그냥 그렇게 말하고 말겠다.

남산언덕에는 시내를 내려다보고 있는 '노숙자 비석'이 하나 덜렁 서 있다. 지나가는 사람들도 무심하게 스쳐 가는 그 비석에는 '한양공원'이라 새겨져 있다. 그 비석, 세월의 냄새가 나는데 앞은 온통 덕지덕지 여드름 투성이고, 뒷덜미는 원한 섞인 파손 흔적이 뚜렷하다.

사연은 참 쓸쓸하다. 공원을 만든 때는 1908년에서 1910년 사이고, 주역은 고종황제라고 한다. 지금 서울교육정보원, 도서관, 무슨 호텔 일대 13만 평이 모두 한양공원이었다고 한다. 숭례문에서 남산 남측으로 올라가는 길이 생기기도 전이었고, 몇 개의 마찻길만 있었을 뿐이었다고 한다. 고종이 건립자금을 대고 건립했다. 그런데 뒷면에 글을 쓴 이가 일제시대 간부인 거류민 단장이었고 새긴 글은 내선일체를 강조하는 것이었다. 그래서 누군가가 흉측한 모습으로 만들어 버린 것이다.

남산 목 좋은 곳에 신사를 짓던 일제의 행동거지와 무슨 관련이 있을 터. 누군가 망치로 내려치며 울분을 쏟고 깨트리려 한 건 당연한 일. 울퉁불퉁하게 팬 앞 모습은 총탄 자국이라 하니 또 무슨 알지 못할 사연이 있는 것이 분명하다.

남산 3호 터널을 만들면서 비석을 지금 자리로 옮겼다 한다. 제자리를 떠나 웅크리고 앉아서 졸고 있는 이 노숙자 비석. 근현대 역사를 오늘날에 그대로 보여 주고 있다.

그 누가 어찌 알겠는가 이 기막힌 사연을. 작은 팻말에라도 이 스토리를 새겨 두면 웅장해진 서울의 모습이 더 사랑스러워질 것 같아 담당 공무원에게 제안을 한 적이 있었다. 참으로 긴 세월, 큰 도시, 재미있는 역사를 스치며 우리는 남산을 오르내리고 있다. 말없이 누더기 역사를 걸치고 있는 이 노숙자 비석은 남산 북쪽 가장 좋은 기가 모인다는 곳에 자리하고 있는 관운장 사당과 함께 이방인이다.

얼마 전 그 길바닥에 '국치길'이라는 쇳조각을 깔아 놓고 간단한 설명판을 세워 둔 것이 눈에 띄었다. 내가 오래전에 부탁했던 일과 관련은 없겠지만, 바로 이것이어서 다행이다.

슬픈 추억을 밟으며 아침 한 시간을 즐겁게 보내며 지나다니는 곳이어서 안타깝다. 그러나, 오랜 세월을 흘려보내면서도 앞날을 디자인하지 못하는 안타까움이 더 아프다.

역사는 '과거에 대한 반동'과 '미래에 대한 낙관'으로 이뤄진다고 생각한다. 이런저런 일들을 보면서 나의 이 가설은 이제 확신이 되었다. 남산 자락에 우리 역사가 고요히 자리하고 있다. 역사를 두려워하되 역사에 끌려가지는 말아야 한다.

오늘 아침에도 거기에서는 정신건강이 의심스러운 한 분이 열변을 토하고 있다. 내가 내려올 무렵 어느 키 큰 분이 그 곁을 성큼성큼 스쳐 지나며 남산으로 올라가고 있다. 은행알은 떨어져 길바닥에 흩어져 흔적을 남기며 뒹군다. 차에서 후다닥 내린 택시 운전사는 비석 옆 숲으로 볼일 보러 뛰어 들어가고, 그 아래 도로에는 또 하루를 데리고 출근하는 자동차들이 줄줄이 흘러가고 있다. 이게 모두 역사란 말인가.

셋.
가을에는, 전시장을 서성이고

1. 달리의 치즈시계

음식이야말로 문화의 기본 바탕이다. 문화콘텐츠 소재로 음식은 예술가에게 친근한 정물화의 대상이었다. 주로 과일이나 채소 따위의 요리 전 재료를 있는 그대로 그려낸 옛 그림들은 교과서에 등장하곤 했다.

오늘날에 와서는 음식 자체를 콘텐츠로 만드는 경우도 많아졌다. 『모던 아트 쿡북』은 화가들이 그린 음식 그림에 주목한 책이다. 그림 속에서 그 시절의 음식 문화를 읽어 내는 즐거움을 맛볼 수 있다.

츄파춥스 로고를 그린 살바도르 달리는 뛰어난 미식가로 알려져 있다. 그 유명한 '흐물흐물 시계' 그림은 카망베르 치즈에서 영감을 받은 것이라고 한다. 역시 치즈 한판으로 시계를 만드는 달리였다. 어느 날은 사랑하는 아내 갈라와 좋아하는 양갈비를 함께 그렸다. 사랑의 비중이 둘 다 똑같아서 그림 제목이 고민이었던 달리는 어느 것 하나를 뺄 수가 없어 그냥 「양갈비를 이고 가는 갈라」라고 제목을 달았단다.

유달리 남달리 희한한 달리다. 급기야 『특별한 식사』라는 요리책을 냈는데 오직 맛과 쾌락만을 위한 것이라고 한다. '카사노바 칵테일' 제조법을 들여다보면 참으로 가관이다. 그대 용기가 있다면 고춧가루, 생강, 캄파리, 브랜디, 오렌지즙을 섞어서 냉장고에 30분쯤 넣었다 마시고 어떻게 되는지 기다려 보시라.

고흐가 좋아한 수프, 피카소가 즐긴 디저트까지 한 번쯤은 따라서 만들어 보고 싶은 것들이 나와 있어 흥미를 돋운다. 문학에서 음식은 단순한 수사적 표현을 넘어서 인생을 읽어 주는 밥상머리 교육 소재로 변신하기도 한다.

라우라 에스키벨의 소설 『달콤 쌉싸름한 초콜릿』은 스토리보다 소설의 흥미로운 형식이 더 매력적이다. 1~12월의 12챕터로 나누어 크리스마스 파이, 웨딩 케이크, 메추리 요리, 칠면조 요리 등 여러 가지 요리법을 하나씩 등장시킨다. 요리 방법과 요리의 맛에 대한 감각적인 소개와 함께 막장 드라마 스토리가 곁들여져 레시피, 음식, 성 이야기 비빔밥이 한 그릇 만들어지는 느낌이다. 그의 444번째 이 책은 33개 언어로 번역되고 영화로 재탄생되어 미국에서도 성공했다고 하니 공감대의 크기를 미뤄 짐작할 만하다.

얼굴 위 일곱 구멍(七竅)은 모두 연결되어 있다. 혀끝에서 판정하기 전에 눈이 먼저 훑고 지나가면, 코에서 다시 감정을 전달해 낸다. 인간들의 정보를 맨 먼저 가장 많이 판단하는 눈의 호사가 그만큼 제 몫을 한다. 음식은 눈으로 보고 식욕이 돌아 제값을 받게 만든다.

음식 속 예술은 그래서 많은 스타일로 이어지면서 두고두고 사람들의 호사스러운 놀잇감으로 자리매김하고 있다. 음식에서 예술적인 창조력을 뽑아내 작품으로 탄생되기도 한다. 건축가이기도 한 말레이시아 예술가 홍이(Hong yi)는 음식물을 재료로 삼고 접시를 캔버스로 쓴다. 흔하디흔한 음식 재료로 창조의 마술을 부려 예술작품으로 변신시킨다. 양배추 의상을 입은 마요네즈 피부 여인, 김밥으로 표현한 파도, 고추 꼭

지로 만든 네덜란드 화원은 정말이지 환상이라 흩트려서 먹기에 아까운 요리 예술이다.

인터넷 숲길을 산책하다 보니, 커피를 작품 소재로 사용하는 작가도 눈에 띈다. 이탈리아 출신의 줄리아 베르나르델리(Giulia Bernardelli)가 바로 그 주인공이다. 물감이나 캔버스 대신 에스프레소 한 잔과 하얀 도화지로 그림을 그려낸다. 색감과 감촉을 살려 아침 식탁에 오른 빵이나 커피로 그때그때 기분에 맞춰서 작품으로 하루를 시작한다. 나도 흉내 내 보고자 오늘 아침 뜬금없이 감자전 한 판에 아이 얼굴을 만들어 보는 도전을 해 보았다.

음식을 소재로 노래 제목을 삼거나 '김치깍두기'처럼 음식 이름을 활동 이름으로 지은 가수, 비빔밥 춤을 개발한 사람들이 일찍이 이런 생각을 거친 선수들이다. '음식 관광'이라고 이름을 붙일 만한 영화 「티파니에서 아침을」은 영화, 호텔 이름, 메뉴 이름까지 유행을 시키지 않았던가.

음식으로 자연을 그려 내는 푸드스케이프(foodscape)도 재미있어 보인다. 빵으로 산을, 과자로 수레를 그리고 브로콜리로 나무숲을 만들어 음식 속에 자연경관을 멋지게 연출하는 자연주의 예술가들 작품이다.

물론 맛을 음악이나 미술로 표현하는 데 천부적인 능력을 가진 공감각자(synesthesia)들이 있다. 맛을 보면서 색을 느끼고, 냄새를 맡으면 아름다운 소리가 들리는 사람들이다. 연구에 따르면 23인 중 1인 꼴로 공감각자가 있는데, 특히 예술가나 과학자들 가운데 많다고 한다.

그런 사람들이 아니어도 음식은 우리 생활문화의 중심이다. 다른 예술 활동과 쉽게 융합·융화될 수 있으니 상상을 하면서 식사 시간을 즐기는 여유도 가져볼 일이다.

2. 시간협주곡

예술의전당에서 공연을 하던 피아니스트가 무대에서 그대로 쓰러졌다. 멘델스존의 피아노 협주곡 1번을 협연한 뒤 앙코르까지 잘 마쳤는데 퇴장을 앞두고 휘청거리더니 갑자기 생긴 일이었다. 감동과 환호는 순간 멈춰져 정적으로 바뀌었다. 놀라움과 침묵이 그 자리를 메웠다. 숨죽인 채 오직 무사히 일어나길 간절히 기도하는 수밖에 없었다.

느긋하게 연주를 즐기던 관객들 가운데서 외과의사, 간호사가 무대 위로 뛰어 올라왔다. 다행히 공연장 스태프가 자동심장충격기의 보관 위치를 정확히 알아 금방 가져온 덕에 재빨리 심폐소생술을 시작할 수 있었다. 소생술이 계속되었다.

가슴에 손을 얹은 채 넋이 나간 연주자, 손으로 입을 가리고 있는 놀란 협연자, 무릎을 구부린 채 숨 가쁘게 손을 놀리는 의사, 간호사의 자세만이 무대를 응시하는 관객들의 눈을 꽉 채웠다. 20명이 넘는 무대 위 협연자나 무대 아래 관객들은 그대로 얼었다. 바로 조금 전까지 화려하게 조명을 받던 피아노 건반 앞 장면이다.

얼마 지나 잠시 멈췄던 연주자의 심장이 다시 뛰게 되었다. 감동을 주었던 긴 연주시간은 오히려 짧았다. 무대 위에서 라이브로 이어지는 동작 하나하나가 스타카토로 관객의 심장에 그대로 전달되었다. 그 짧지 만 긴 순간의 충격은 어느 예술가도 표현하지 못한 시간변주곡이었다. 사랑하는 예술가의 생명을 향한 모든 이들의 절망과 소망의 교차 순간 을 어떻게 악보로 표현할 수 있겠는가.

실황이었다. 그 피아니스트가 몸을 움직여 주었다. 움직여 준 그 자체 에 모두 함께 감사했다. 그토록 몸이 좋지 않은데도 끝까지 자세를 흐트 러트리지 않고 집중해서 연주를 마친 예술가를 향한 존경심은 그 다음 이었다. 순간에서 영원으로, 다시 순간으로 이어지는 그 짧았던 시간협 주곡에 무대 위아래 모두가 주인공이었다.

무대 위로 뛰어 올라간 분들, 지켜보며 기도한 관객들을 이끌어 간 소 리 없는 시간이 도와서 함께 만들어 낸 또 하나의 '협주곡'이었다. 이 곡 은 실제 연주시간보다 더 장엄하고 숭고하게 관객들을 감동시켰다.

더 놀라운 일을 관객들은 잘 모른다. 피아니스트 곁에 있었던 몇 명만 안다. 그 피아니스트가 눈을 뜨고 사태를 파악한 뒤 한 말을 말이다.

"아이, 쪽팔려."

역시 예술가의 혼은 맑다. 예술가로서 무대건 어디서 건 품위가 있고 우아해야 했던 그였다. 그런 그가 숨을 멈추었고, 소란스러움의 중심에 놓여 있었다는 것은 한마디로 그에겐 쪽팔림이었다. 살아 움직여 준 것 만으로 존경을 보내던 관객들은 그의 말에 웃을 수도 기뻐할 수도 없는 분위기였을 것이다. 그저 숨죽이고 지켜보며 쾌유를 빌었을 터였다.

그 예술가가 무심코 던진 한마디는 예술가다운 그의 영과 혼을 수정처 럼 맑게 표현한 꾸밈없는 말이다. 호흡이 멈춘 상태에서도 진정한 예술 가의 숭고한 아우라는 멈추면 안 되는 것이었다.

퇴원하여 건강하게 일상을 누비고 다니는 그 피아니스트와 식사를 하는 자리에서 자꾸만 그 말을 확인하고 싶었다. 그렇지만 나는 꾹 참았다. 예술가의 품위에 생채기를 내고 싶지 않았다. 예술이 갖는 '예술 그 자체로서의 예술'이라고 하는 고유 가치는 예술가가 만드는 것임을 잘 알기 때문이다.

피아노 앞에 앉아 연주할 때나 쓰러져 있을 때도 그는 한 치 어긋남 없는 순도 높은 예술가였던 것이다. 그가 깨어났을 때 형식적인 변주는 아랑곳없었다. 그 밖의 것들은 장식에 불과한 것이었다. 위대한 시간의 도움으로 만들어진 협주곡만이 진짜 사람의 예술이었다.

그것이 설사 예술가 전제주의(artist despotism)라고 욕을 먹을지라도, 짜릿짜릿한 예술은 예술가로서의 꼿꼿함에서만 뽑아낼 수 있으므로.

3. 수樹와 목木, 고도를 기다리는 나무

　말을 만드는 일은 천재들이 하는 것 같다. 나무를 부르는데 그냥 나무라고 부르거나, 수목이라고 하면 끝나는 것이 아니다. 수와 목에 차이가 있다. 수는 살아있는 나무란다. 가로수, 과수원, 상록수, 활엽수 등으로 불린다. 목은 죽은 나무란다. 고목, 목재, 화목, 목탁 등에 쓰인다.

　어떤 이가 재치 있게 받아친다. 그럼 식목일이라는 말은 죽은 나무를 심는 것이니 당장 식수일로 바꾸라고 기고만장 떠들어 댄다. 그러고 보니 북한에서는 식수절이라고 그럴듯하게 수를 사용한다.

　지역 이름에 나무 수(樹)나 목(木)이 들어가 있는 곳은 대개 사연이 있다. 오수(獒樹)는 큰 개(獒)와 지팡이가 살아나 자란 나무(樹)를 함께 붙여서 지명으로 쓴다. 그럼 목포(木浦)나 목동은 어쩌란 말이냐? 얼른얼른 다른 이야기로 넘어가자.

　연극 「고도를 기다리며」를 관람하면 1시간 반 내내 눈앞에 꿋꿋하게 서 있는 나무를 보게 된다. 앙상하고 휘어진 채 그 자리에 서 있다. 어찌 보면 물음표 같아서 고도가 오나 안 오나 궁금한 관객들에게 뭔가를 던져 주는 것 같다. 하루 종일 수다를 떨면서 고도를 기다리는 사람들이 그 다음 날 만나는 장소도 바로 그 나무 앞이다.

이튿날 나무 밑에 오자마자 나무를 빙빙 돌면서 멀리서 고도가 오고 있는지 점검한다. 나무는 사람을 기다리는 장소의 이정표로 보인다. 아니면 사람을 만나는 약속 장소일지 모른다. 아무리 보아도 고도를 여기에서 만나기로 하지는 않은 것 같은데 마을 어귀쯤 되는지 한 그루 나무가 만남 장소로 쓰인다.

그런데 극중에서 나무는 특별한 용도로 쓰일 뻔한 적이 있다. 등장인물이 삶을 마감하려고 나무에 밧줄을 걸었던 때이다. 이 나무가 그들의 하루 삶을 출발하는 장소인데, 삶을 마감하는 도구로 쓰려 했던 것이다. 참 아이러니다. 물론 이 점도 재미있게 느꼈지만, 그래도 하루를 시작하고, 사람을 만나고, 사람을 반기는 장소에 서 있는 이 나무를 목을 매는 조력자로 등장시키다니 그와 같이 설정한 작가가 좀 야속하다.

그러고 보니 심각한 주제를 던져 놓고 나무와 함께 누군가를 하릴없이 기다리는 이 연극에서 밋밋하게 세워 놓은 나무 또한 틀림없이 죽은 나무토막이었다. 분명히 목(木)이었다. 그 나무의 상징은 앙상한 모습으로 내내 이어진다. 그러다가 막이 바뀌는 순간에 잎을 두어 장 붙여서 살아 있는 나무로 꾸몄다. 목(木)인 줄 알았더니 수(樹)였던 것이다. 이것도 작가의 의도였을까. 나뭇잎 두어 개 붙여놓고 "잎이 무성한 나무"라고 대사를 치는 부조리에서 관객 모두는 또 한 번 웃음을 터트린다.

심각한 주제를 걸고 있는 느티나무의 앙상한 가지를 두고 관람객들은 긴 시간 동안 그 의미를 해석하느라 힘을 뺀다. 지루한 것은 사실 기다림이다. 누군지도 모르고, 언제 올지도 모르는 기다림을 채우는 것은 뜻도 의미도 없는 대사들이다. 그 무대의 중심에서 나무의 생명이 변화를 암시하며 반전을 주는 역할을 한 것이다.

실제로 우리네 마을 어귀 정류장에도 대개 나무 한 그루쯤은 있다. 그 나무색이 바뀌면 또 새로운 누군가가 올 것으로 기대한다. 군대 간 아들이 휴가를 나오거나, 먼 길 떠난 낭군이 돌아오길 말이다. 예나 지금이나 버스정류장의 미루나무, 포플러나무, 느티나무에 사람들은 꿈이 새겨진 '마음의 노랑 풍선'을 매달고 그 무언가를 기다린다.

사람을 만나고 기다리는 곳에 서 있는 나무는 대개 느티나무쯤 될 것이다. 동구 밖 나무의 밑동에는 돌무덤이 있고, 오래된 나무라면 힘께나 쓰는 머슴들이 들어다 놓은 '들 독'이 한두 개 있기 마련이다. 아름드리 느티나무 그늘은 여름철 노인들이 장기를 두는 과한 장소로도 제격이다.

'고도를 기다리며'에서도 여가 공간인 모정을 한 채 지어서 배경으로 설정했거나 들 독을 가져다 놓았으면 한국적인 정서가 배어나 더 좋았겠다. 배우가 걸터앉기도 하고, 관객들도 편안한 마음으로 보면서 그 지루하고 긴 시간을 좀 후딱 보낼 수도 있었을 텐데.

하릴없는 역사 이야기를 훑다 보니 나무를 그림으로 그려 시험 답안으로 써낸 인물이 생각난다. 영조 시대에 치러진 과거시험 소과에서 높은 점수를 받았던 연암 박지원의 이야기이다. 이제 2차 시험을 잘 치러야 하는데 답안지에 나무 한 그루와 바위들을 그려 내고는 퇴장했다고 한다. 정성을 다해 우수한 문장으로 정답을 써내고 관직을 받으려던 그가 이런 해괴하고도 망측한 짓을 저지른 것이다. 그 뒤로 과거시험에는 더 응시하지 않았으니 일부러 깽판을 친 것이 분명하다.

나무 한 그루 밑 바위에 걸터앉아 시나 쓰며 자연경관을 노래하는 '자연인'으로 가겠다는 뜻인가. 그런데 50대에 생뚱맞게 종 9품의 말단인

안의현감과 면천군수로 공직을 선택한 이유는 또 무어란 말인가.

이 추측에 덧붙여 속절없이 이어지는 생각은, 그렇다면 박지원은 도대체 무슨 나무를 그렸을까이다.

4. 현수선이 좋아

　산 아래 초가집들이 나지막이 고막껍질처럼 엎드려 있고, 들판의 논두렁이 구불구불 늘어진 마을 모습은 언제나 정겹다. 집 안마당에는 빨랫줄이 축 늘어져 있는, 이제는 사진에서조차 보기 힘든 풍경.

　마을 길가를 따라 처마 끝을 이어주는 부드러운 지붕 선은 초가집이건 기와집이건 지나가는 이의 눈길을 편하게 해 준다. 이 아름다운 선은 바로 현수선(懸垂線)이다. 같은 기와지붕이라 해도 일본이나 중국의 용마루선은 직선이라서 그 눈맛이 사뭇 다르다.

　두 점을 무딘 각으로 이어 만들어지는 굽은 선. 곡선 가운데서도 현수선은 자연스럽고 편안함을 주는 자연의 눈맛이라 보기에 편하다. 어느 시골 마을 입구 능선을 넘어가는 축 늘어진 전깃줄, 나이 든 스님의 목을 타고 흐르는 염주도 모두 아름다운 마음속 평화선이다.

　선에서 아름다움을 찾기로 작심한다면 부채의 곡선미를 빼놓을 수 없다. 합죽선을 펼쳤을 때 나타나는 선두(扇頭)의 둥그런 이음은 그리 심하지 않은 기교만으로도 그윽한 움직임을 보여주는 선이다. 이 선은 사실 현수선을 뒤집어 놓은 포물선이다.

　그것이 현수선이든 포물선이든 자연에서 배운 흐름 아니겠는가. 하늘

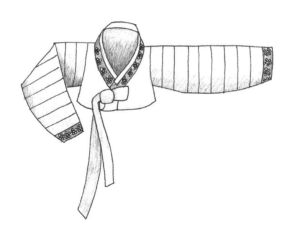

가에 그려지는 마을 인근 산들은 바로 포물선 아니면 현수선을 이어놓은 것 같다.

예전 일상 옷이었던 한복에서도 숨겨진 곡선미를 찾아볼 수 있다. 여자 저고리의 둥근 배래선이 곡선미의 극치라고들 말한다. 한편에서는 전통 한복에서는 직선 통소매가 원래 모습이고 둥근 배래선은 근래에 새로 만들어진 변형이라고 꼬집는 이도 있다.

아무튼 이 둥근 배래선도 하늘을 향한 한옥의 추녀선처럼 우리네 자연미를 닮은 인간미가 자르르 흐른다. 부채의 선두처럼 급격하게 곡선을 이루는 것은 아니지만 은은하게 움직이는 예술선이다. 한옥 건물의 맞배지붕 양측 박공에 달려 있는 풍판(風板) 또한 이와 많이 닮지 않았는가. 이러니 한국적인 현수선을 지닌 모습들이 나란히 나란히 서 있는 한옥마을을 찾는 맛이 남다르다.

고속도로를 타고 갈 때면 슬쩍슬쩍 바뀌는 산 능선들을 따라가 보는 재미도 쏠쏠하다. 구태여 산이라 부르기조차 민망할지 모르지만, 봉긋하게 솟다가 그냥 내려앉은 야산도 역시 이 같은 선으로 이어져 달리고 있다. 찌를 듯이 솟구쳐 내달리는 험악한 산에 비해 그 산들의 나지막하고 부드러운 선은 한결 마음을 느긋하게 해 준다.

극대칭의 삼각구도가 아닌 구부정한 모습 때문에 그 산이 세련되어 보이지는 않지만, 여운이 있어 고향 친구 같은 정감이 든다. 뾰족 각과 무딘 각이 절묘하게 얽혀 나타내는 자연예술의 곡선. 나는 이 야산의 봉긋한 모습에서 우리 민요의 느린 가락들이 나온 것일지도 모른다고 생각하곤 한다.

우리 전통 생활양식이나 건조물에서도 마을 옆 야산을 닮은 현수선과 포물선의 흐름을 쉽게 만난다. 자연을 닮은 생활문화 속 아름다운 선을 생활의 선으로 삼는 것은 어떤가. 통째로 한국의 아름다움이라고 바꿔 말할 수도 있겠지만 우선 자연을 닮은 선들을 생활문화를 상징하는 선으로 삼아 생활을 디자인하는 데 응용하는 것이다. 다시 말해서 선으로 생활문화를 말하는 것이다.

오늘날의 각종 공공시설 건축물의 외양, 천변 다리, 지나치게 딱딱한 가로등, 하늘가에 닿아있는 아파트 지붕 선에서 이런 현수선의 편안함을 찾기는 어렵다. 이제라도 현수선으로 이미지를 통일시켜서 CI로 활용하고 선을 주제로 하여 지역 나름의 시각 스토리를 만드는 것도 생각할 만하다.

우리 삶은 지나치게 뾰족하게 돋아 살벌하고 서로 예리하게 대립하며 날카롭게 이해관계를 따지므로 결국은 극적인 행동으로 치닫는 경우가 많다. 합리화와 최적을 공공 선택의 기준으로 삼다 보니 우리 사회도 이미 '피로 사회'로 바뀌었다. 까칠한 도시미가 한때 남성다움으로 비친 적도 있지만 삶이 경직되고 여유 없어져 매력을 찾기는 힘들다.

현수선은 이제 우리 삶에서도 중요한 지표가 되어야 한다. 대척하는 상황에서는 에둘러 말하고, 면전에서 대놓고 비판하기보다는 다른 사람을 통하여 전달해 보는 것이 어떤가. '거시기'라는 말로 함축해 버리는 어법으로, 직선의 효율성보다는 곡선의 자연성에 기대하는 것이다.

일과 휴식, 가정과 직장, 공익과 사익, 평화와 파괴, 선과 악, 오해와 이해 등 삶에서 맞닥뜨리는 여러 모습에서 두 점을 이어내는 가장 인간적인 선은 무엇인지.

좀 더 살아 봐도 정답을 찾기 쉽지 않겠지만 현수선에서 배울 점이 있지 않을까.

5. 후식으로 눈맛

유네스코에서는 문화예술 분야별로 뛰어난 곳을 골라서 창의도시라 이름 붙여 홍보해 준다. 우리나라에서 음식 분야 창의도시로 선정되어 더 유명해진 전주에는 음식 맛을 여러 가지로 나눠서 감상할 수 있다. 입맛뿐만 아니라 눈맛도 곁들여 분위기, 그릇, 주인의 풍모를 함께 즐길 수 있는 곳이 많다. 입맛보다 더 잔잔하게 오래 이어지는 눈맛 때문에 전주 음식점들을 다시 찾게 된다.

10여 년 전에 처음 가 본 '궁'이 바로 그랬다. 그때 나는 눈으로 음식을 먹고, 후식으로는 벽에 걸린 시를 선택했다. 단정한 놋그릇, 섬세하게 수놓은 식탁보, 우아한 식탁 어느 하나 빠진 것이 없다. 무엇보다 잔잔한 미소로 음식에 담긴 이야기를 풀어내는 주인의 단아한 모습도 한마디 아니할 수 없다. 멋진 분들은 이 느낌을 놓칠세라 시를 지어 주인께 바치곤 하는 모양이다.

벽에 걸린 시가 휘어져 흘러내려 버드나무 가지처럼 찰랑거리고 있었다. 어느덧 글씨는 한가한 가락으로 다가왔다. 글의 내용이 궁금해서 한 젓가락 집고 싶어 마음이 조급했다. 용기를 내서 주인에게 물어봤더니 조용히 미소를 풍기며 일어서서는 복사한 종이를 가져와 읽어 주었다.

初秋訪全州 '宮' 食堂

探勝行程百日紅 탐승행정백일홍
田園五穀熟成豊 전원오곡숙성풍
完山有數饌廳裏 완산유수찬청리
御膳今猶在此宮 어선금유재차궁

전주 궁식당에 처음 들러서

명승 찾아 떠도는 길에 좋다 백일홍
들에는 오곡 익어 풍년이로세
완주 고을 내로라는 식당들 중에
이 궁에만 수라상이 지금도 있네그려
(을유년 처서 다음 날 일성 이특구 교수가 쓴 시를
병술년 곡우절에 일탄이 기록하다)

그 시를 보고 일탄 선생이 남긴 시가 또 한쪽에서 기다리고 있었다.

午餐于全州屋號曰 '宮'

停車移楊息行塵 정차이탑식행진
壁上有詩聲調新 벽상유시성조신
宮女三千都幻夢 궁녀삼천도환몽

綺窓端雅一佳人 기창단아일가인

전주 궁에서의 오찬

차를 멈춰 자리 옮겨 가던 길 쉬는데
벽에 걸어 놓은 시의 성조가 새롭구나
삼천궁녀는 모두가 환몽이지만
화려한 창가엔 참 가인이 단아하게 기대 있네.
(우리 일행 중 이특구 교수가 일찍이 이곳을 다녀가면서 지은 절구
한 수가 벽에 걸려 있다. 주인은 젊은 여자인데 한복 차림의 엷은 화
장이 자못 아름다워 좋아할 만하다. 오른쪽은 벽사 이 박사 시를 병
술년 소서절에 일탄이 쓰다)

이 시를 보고 지나가던 중국인 과객이 또 한 수 써 놓았다.

壁上詩書墨猶就 벽상시서묵유취
綺窗仇취俏佳人 기창구취초가인
宮娥三千似夢幻 궁아삼천사몽환
餐客祇喜美會精 찬객기희미회정

벽 위에 시서 훌륭하고
창가에 앉은 가인 아름다워서
삼천궁녀를 능가하느니

찬객들의 아름다운 모임 정갈하기가 마치 궁 안 같구나

(궁음식점에 어떤 형이 선물용으로 써준 시가 고즈넉하고 정갈한 여주인을 닮아 방에 걸려 있기에 타이베이에서 온 나그네인 나도 취하여 한수 적었소이다. 대북 孔依平이 쓰고, 그의 제자 이양자 씨가 해석해 줌)

그런데 이 중국 시는 워낙 글씨가 날아다니고, 번역해 준 글귀나 한자어가 당혹스러웠다. 찬찬히 오래 읽어 보고 사전 속을 들락거리며 몇 가지 오류를 찾아내 해석해서 다시 정리해 보고 싶어 주인에게 부탁해 빌려 왔었다.

멋진 곳에서는 멋이 물들게 된다. 이 멋진 글들이 그냥 아무 데서나 나올 것은 아니지, 향기 넘치는 음식이 전해 준 에너지가 감성을 일깨워 환상으로 펼쳐 나오는 것이겠지. 무엇보다도 그 주인이 지닌 고즈넉한 자태에서 저절로 시상이 발동하는 것. 주인이 더욱 궁금해졌다.

이 같은 글감이 될 수밖에 없는 주인은 어떤 모습인가. 혹시 문학소녀가 아니었을까 채근했더니 또 한 번 한복을 펄렁이며 건넛방에서 자그마한 액자를 들고 온다. 이 주인이 젊은 시절에 썼다는 시를 어느 묵객이 옮겨 주어 벽 한편을 장식하고 있었던 것이다.

사랑의 눈

눈빛만큼이나 뜨겁게
설레는 가슴으로

타는 빛살

사랑의 눈에서 오는

정은 여기서 부푸는가

(유인자 시, 윤제 권기수 씀)

20대 초반 주인이 쓴 시라고 한다.

멋진 집, 멋진 음식, 멋진 손님 그리고 멋진 시간들이다. '궁'은 바로 '행복궁'이었다. 모두 음식과 스토리를 비벼 전주가 오랫동안 준비해 둔 메뉴들이다.

「윌리엄 텔 서곡」을 지은 로시니는 요리가로도 유명했다. 평생을 살면서 그를 울린 일이 3가지란다. 그중에서 오페라 공연을 처음 실패했을 때와 어린 파가니니의 바이올린 연주를 들었을 때보다 더 큰 슬픔은 엉

뚱한 데 있었다. 정성껏 만든 송로버섯을 곁들인 칠면조 요리를 보트에서 센강에 빠트렸을 때 생애 가장 슬펐다고 한다.

로시니가 음악으로 요리한 송로버섯, 시인으로서 요리한 '궁'의 주인 음식 모두 생애에 놓치면 후회할 것이니 꼭 서둘러 발길을 옮겨 보길 바란다. 그런데, 식탐 많은 로시니에게도 시 한 구절 남길 이 누구 없을까.

6. 심心과 기氣

세상을 움직이는 것이나 사람을 움직이는 이치가 다를 바 없겠다. 먼저 마음을 정하고 이 마음을 움직일 기운을 모아서 뭔가를 결행한다. 다른 활동보다도 더 순수한 마음과 에너지로 만들어 내는 예술세계에서 이는 좀 더 극명하다. 그래서 예술에서 심(心)은 창조적 사고방식, 기(氣)는 예술가적 행동방식으로 보인다.

추사의 예술정신은 시대를 뛰어넘어 창조성의 의미를 이어가고 있다. 물론 창조라는 말이 지닌 뜻도 시대에 따라 변하고 있어 딱 잘라 말하기는 어렵다. 창조라는 말은 서양에서 16세기 전까지 신만이 해낼 수 있는 '신의 역할과 영역'에 한해서 썼다. 19세기에 들어와서야 비로소 '인간의 특별한 활동의 하나'로, 새롭고 특이하게 만들어 내는 재주라고 보게 되었다. 신의 전지전능한 영역에서 인간의 활동 영역으로 인정받을 때까지 꽤 오랜 시간이 흘렀다. 그 사이에 또 많은 변주곡이 생산되었다.

현대에 와서 창조 개념은 한층 더 보편적인 뜻으로 쓰인다. 다른 것들보다 좀 더 특출난 상상력, 혁신 또는 공상을 나타내는 것으로 넓게 풀어 볼 수 있다.

이렇게 보면 예술가로서 추사 김정희는 창조성이 뛰어난 인물이다. 추사의 학문과 예술세계는 창조적 실험과 융합을 바탕으로 하는 실사구시에서 두드러진다. 중국에서 얻은 지식 정보를 조선에 돌아와서 활용하여 새롭게 창조적 실험활동을 펼쳤다.

무엇보다 추사의 예술세계는 중국을 모방하는 데 그치지 않고, 조선의 방식으로 융합·융화된 것이라는 점이 중요하다. 이런 점에서 나는 추사를 '융합 예술 실천론자'라고 규정한다.

그렇다고 해서 추사가 실사구시적 융합에만 그친 것으로 해석하면 너무 좁은 해석이다. 그는 자유로운 창의성으로 가득 찬 '기'를 모아 예술활동을 펼쳤다. 난초를 그릴 때마다 각각 다른 호를 만들어 사용하였다. 그 결과 조선시대 호가 가장 많은 창의적 예술인으로 평가받는다. 실제로 살아 있는 난초가 서로 똑같지 않듯이 그것을 표현할 때의 마음과 기가 그때그때 다르기 때문이라는 것이다.

"예술은 자기 속에 있다."

추사는 이렇게 예술가적 기질을 이야기한다. 작품 속에 자기 인품과 영혼이 투영되기 때문에, 단순히 형태만을 그리는 것이 아니라고 말한다. 창작의 출발은 대개 자신과의 소통으로 기를 충전하면서 시작된다. 그러니 예술의 미는 속에 있다는 것이다.

"내 속에 있는 정신이 외부로 나타나 사지에 퍼지고 자기 하는 행동으로 피어나는 것이 미의 지극한 것이다(坤卦 文言: 美在其中, 暢於四肢, 發於事業, 美之至也)" 주역의 이러한 정신과 정확하게 맞닿아 있다.

그 창조의 마음을 움직이는 데 필요한 기운은 난을 그릴 때 특별히 잘 나타난다고 한다. 난을 칠 때는 그림 그릴 때와 다르다. 그림을 잘 그리는 사람이 모두 다 난을 잘 치는 것은 아니라고 말한다.

"가슴속에 맑고, 드높고, 고아한 뜻이 있어야 한다."

이는 흔히 가슴속에 가득히 일어나 든든하게 채워진 이른바 문자향(文字香)이다. 이것이 뒷받침되어 예술을 펼치게 된다. 나아가 특별한 격을 갖춰서 마음속에 서권기(書卷氣)가 있어야 붓을 들 수 있다고 한다. 추사는 이것을 예법의 근본으로 삼았다. 그의 아들 상우에게도 이런 품격을 갖추도록 권하는 대목도 있다.

추사에 관해 글을 발표할 때 인용했던 유승국 교수의 글을 되새겨보면 추사의 예술정신과 기를 이해하는 데 도움이 된다.

논어에서는 "志於道, 據於德, 依於仁, 遊於藝"라고 했다. 예술행위는 그 내용으로 인간의 본성인 사랑하는 마음(仁性)이 내재해야 한다. 인이 없는 작품은 내용 없는 형식으로 허상이라고 한다. 예를 들어 노래하는 사람이 상황에 적중하는 정감 없이 소리만 내어 부르는 노래는 괴뢰라고 했다(『악학궤범』). 여기에서 말하는 인의 근본은 사람 심성의 본질인 덕에서 나와야 하며, 덕은 천도에 근거해야 한다고 한다. 도에서 덕으로, 덕에서 인으로, 인에서 예로 나타나야 한다. 이때 예는 예술적 차원의 예뿐만 아니라 인간적이어야 한다(眞善美聖). 유가의 예술사상은 진정한 인간성 노출인 것이다.

여기에서 마지막 글에 나온 '인간성'은 바로 내가 말하는 '심과 기의 결합'이라고 생각되어 눈이 번쩍 뜨였다. '자기 속에서 예술을 찾고', '마음 속에 서권기를 갖춰' 붓을 드는 심과 기의 바탕 위에서 추사는 많은 예술, 학문, 실용서를 창작하였다.

그런데 여기에다가 자주성을 덧붙여야 온전히 추사 예술을 소화하게 되는 것 같다. 추사의 서예는 모든 체를 다 소화하여 나름의 독특한 서체를 이루었다고 평가받는다. 또한 추사의 학문도 이와 같은 맥락에서 보면 외부적 수용이 있었더라도 자주적인 힘에 바탕을 두고 학문적 자주성을 강조하였다고 말한다. 그런데 이 모두가 심과 기가 힘 있게 뒷받침되어야 비로소 가능한 세계라고 본다.

예술에서 심과 기는 기술과 함께 발맞추면서 창조에 이르는 길을 만들어 낸다. 함께 디디고 서서 서로 버텨 주는 섶 다리 같은 길이라 생각된다. 젊은 예술가들에게 특히 되새김질을 권하고 싶은 추사의 예술정신과 세계이다. 그리고 끝까지 경계해야 할 것은 예술가 전제주의가 아닌가 싶어 덧붙인다.

7. 정지된 시간을 거부하는

쉽게 생각해 보면, 미술이란 원래 '정지된 시간'의 모습을 종이 위에 그려내 인간의 욕구를 가늠하는 것이다. 순간 포착으로 그려진 그림의 나머지를 미뤄 상상하는 재미 보기이다. 그런데 지금 와 생각해 보면 아무래도 더 이상의 기술이 없어서 불가피했던 것이 아닌가 생각된다.

미처 표현되지 못하거나 표현하기가 어려운 부분이 많았을 것이고, 이에 대한 갈증이 더 컸을 터이다. 그래서 마침내 나타난 것이 바로 다양하게 실험하고 도전하면서 표현하는 행위 예술이다.

작품으로 표현된 '결과'라기보다는 표현해 가면서 변하는 모습을 그대로 보여 주는 '과정'의 예술이라서 관심을 끄는 것으로 해석된다. 해프닝, 이벤트라는 말과 함께 쓰였던 '정지된 시간에 대한 거부' 방식이다.

이런 과정은 대개 몸을 사용해서 연극처럼 즉흥적으로 보여줄 때 멋이 있다. 실험성 강한 데에 호기심 많은 사람들이 몰리는 것은 예술세계에서 너무도 당연하다. 몸을 사용해서 주제를 표현하기에 몽땅 퍼포먼스라는 말로 대표할 수도 있겠다. 좀 더 재미있게 꾸미려다 보니 여러 사람들이나 관객이 함께 서 만들기도 한다. 그러니 작가가 누구인가 딱 잘라 말하기 어려운 경우도 있다.

그런데 정지를 거부하는 행위 예술로 발전하면서 뜻밖에도 장르 경계를 뛰어넘는 통합 예술로 발전하였으니 '정지의 몸짓'이 예술 혁명을 낳았다. 이와 비슷하게 몸 예술(body art)이라는 것이 또 등장했다. 인간의 몸이야 예술에서 오랫동안 탐구 대상이었다. 그런데 이번에는 몸을 실제 작품의 소재로 쓰는 파격적인 변화였다. '정지 거부 예술'의 또 다른 방식인 것이다.

인간의 몸은 태어날 때 성별이 이미 결정되고, 그에 따라 다른 몸 구조를 갖게 되며, 성장하면서 본능도 바뀐다. 나이가 들면서 바뀌는 대표적인 시간변주곡이 바로 우리들의 몸이다. 생트 오를랑(Saint Orlan, 1947~)은 의술과 예술을 하나로 보고 자기 몸을 작품으로 본다. 자기 의지대로 자기 몸을 바꿔 가는 수술을 예술 행위라고 주장한다.

"내 육신은 내 콘텐츠다."

자기 몸은 정지에 대한 투쟁이고 창작 성과물이라고 하는 섬뜩한 이 주장에 공감하는 이 얼마나 될지 모르지만, 광화문 네거리에 걸린 그의 작품전 사진은 그저 운전 중 흘낏 스쳤을 뿐인데도 저절로 몸이 움찔 해졌다.

이런 움직임들은 정지된 시간을 거부하는 것과 더불어 사람마다 다른 욕망에 대한 도전이자 실험이다. 사회적으로 오랫동안 내려오던 인간의 몸에 대한 신성함을 걷어차고 몸 자체가 작품이 될 수 있다고 다시 해석하게 만들었다. 머리에 뿔을 하나 맞추어 달고 나설 정도이니, 턱이나 쌍꺼풀 수술 정도는 그저 귀여운 거부다. 몸에 대한 자기표현이나 스타일은 차별화 기술인가 아니면 위풍당당 예술인가.

정지된 시간을 거부하는 예술 가운데 키네틱 아트(kinetic art)를 빼놓고 끝낼 수는 없다. 이는 쉽게 말하면 조립예술이다. 고정적이고 시각적인 형태를 벗어나 움직이도록 만드는 예술이다. 여러 재료들에 모터를 달고 에너지를 더해서 움직이게 한다. 숨겨진 모터가 모든 것들을 움직여 소리를 내거나 빛을 내게끔 하여 재미를 안겨 준다.

다양한 장르들이 합쳐져 이뤄지는 멀티미디어 아트는 여기에서 출발해서 오늘날에까지 이른 것이다.

"모든 것은 움직인다. 움직이지 않는 것은 존재하지 않는다."

호기 있게 외쳐대던 장 팅겔리(Jean Tinguely, 1925~1991)가 민망할 정도로 50년 사이에 세상은 바뀌었다. 엔터테인먼트와 결합하여 더 큰 변화 속으로 급격히 빠져들어 간다.

고정된 시간과 더불어 공간 한정성을 깨트리는 음악 표현을 위해 등장한 것이 또 있는데 그 이름도 어려운 구체음악(musique concrete)이다. 원래 기차 지나가는 소리는 철도가 있는 곳에서 기차가 지나가는 시간에만 들을 수 있는 소리였다. 산속에서 새가 노래하는 것도 바로 그곳에서 그때만 들을 수 있는 예술이다. 이것을 기계에 녹음하여 전기 기술에 접목해 다른 곳, 다른 시간에 반복해서 들을 수 있게 한 데서 구체음악이 시작되었다. 정지된 순간에 대한 거부였다.

더구나 변질시키거나 겹치게 하여 색다른 음악세계로 이끌고 가는 놀라운 일들이 생겨난 것을 보면, 정지에 대한 거부가 예술세계에 크게 작용한 동기가 아닐까 생각한다.

구체음악이 발달하자 이제 모든 음악은 스튜디오에서 라이브로 연주하거나 연주된 음악을 변주하여 들려주게 되었고, 이는 새로운 변화를 가져다주었다. 물론 방송국 엔지니어가 철길 곁에서 소리를 녹음한 것을 처음 사람들에게 제시했을 때는 정제된 악음(tone)이 아니라서 논란이 많았다. 그러나 그 뒤 전자적 발진음만을 소재로 사용하다가 다른 음소재와 결합하면서 성큼 발전했다. 나아가 다양한 기술에 힘입어 전자음향 장치, 녹음테이프가 발달하면서 또 성장했다. 파격적 접근에서 시작해 자연스럽게 일어난 변화였지만 모두 다 상당한 실험정신으로 시작되어 정착하게 된 것이다.

백남준(1932~2006)과 요셉 보이스(Joseph Beuys, 1921~1986)가 주축을 이뤘던 플럭서스(fluxus) 활동도 일회성에 대한 철저한 거부의 몸짓이라고 본다. 플럭서스란 독일어로 흐름이라는 뜻이다. 이는 1960년대부터 1970년대에 국제적으로 번진 반예술적인 전위 운동으로 탄생했다. 이들의 핵심은 예술 활동이 물적인 대상이 아니라 시간 흐름에 따라서 생겨났다가 소멸되는 움직임의 과정으로 대체된다는 것이다. 시간의 흐름에 따라서 생겨나고, 변하고, 사라지는 것 그 자체가 미학이며 따라서 우리는 불확정성에 주목해야 한다고 말한다.

우연히 생기는 이벤트나 일시적인 오브제를 미학의 표준으로 삼아야 한다는 극단적인 말과 행동 때문에 거부감이 들기도 한다. 그렇지만 모든 사물과 함께 예술적인 대상도 덧없고 일회성이 강하며 폐기해야 할 것으로 보았던 것이다.

시간의 자연스러운 흐름을 받아들이거나 거부하는 인간들이 오든지 가든지 이 지구라는 공간을 둘러싸고 그동안 많은 시간이 흘렀다. 그 중심에 서서 핏대를 세우던 이들도 세월 앞에서는 어찌할 수 없었다. 이제 시간을 두고 했던 많은 고민들은 새로운 시간에 밀려 그야말로 덧없는 순식간의 일(ephemeral)에 지나지 않는구나.

8. 포도알 문화예술

여름은 포도의 계절이다. 포도 상자에 붙어 있는 설명을 보니 포도는 몸에 활력을 주고 정신 에너지를 높여 준단다. 나무에 매달려 있는 '샘'으로 보인다. 몸에서 활력이 다 빠져나가면 정신력만으로 뭘 해내는 것이 쉽지 않음을 세월 변주 속에서 충분히 느끼고 있다. 나른할 때 몸을 깨워 일으키는 데 포도만 한 것이 없다.

어릴 적에 큰누나는 나를 '포도 대장'이라고 불렀다. 무엇보다 잊히지 않는 것은 달콤하고 씁쓸한 맛으로 부리는 포도의 매혹과 마술이다. 누나는 우리를 가끔 포도 과수원에 데리고 갔다. '자전거를 탈 줄 아는 아가씨'가 농사를 짓는다고 소문이 난 그 농원에 우르르 몰려간 우리는 포도나무 아래에 돗자리를 깔고 놀았었다. 그때 나무 아래에서 올려다보면 방울방울 맺혀 있는 열매며 마치 아기손처럼 뻗어 나가는 나무손이며 그 자체가 예술이었다. '자전거 요정'은 이미 안중에도 없었다. 그 어느 나무가 이토록 정신 번쩍 나게 몸과 맘을 깨워줄 수 있었을까.

어느 땅에서든 잘 자라는 흔하디흔한 포도들이 있지만 고속도로를 타고 안성을 지날 즈음이면 '안성 포도'를 자연스레 떠올리게 된다. 프랑스의 공베즈(Gombert)라는 신부님이 남겨 준 포도나무 덕분에 여기는 포도의 명산지가 되었다.

지금도 안성에는 신부님이 부임할 때 가져온 포도나무가 있다고 한다. 그가 가져온 포도는 유럽 종이다. 생각해 보면, 일찍이 나무를 매개로 다문화가 실현된 셈이다. 주민들의 주린 배를 채워 줬던 임실치즈와 더불어 슬프고도 고마운 역사를 지닌 다문화 교류이다.

안성의 포도는 먹거리를 넘어서 문화가 되었다. 포도 원조 마케팅에도 성공한 셈이다. 모두 포도나무와 포도가 갖는 문화적 의미가 브랜드로 각인되어서이다. 지역의 역사·문화 자원이나 마케팅에 대표주자로 활용되는 포도는 포도 박물관, 포도축제에서 효자 노릇을 톡톡히 하고 있다.

포도 열매로 만든 포도주는 기독교에서 예수의 피를 상징한다. 수도원에서 키운 포도로 포도주를 제조하여 종교 의식에 쓰였던 것이다. 고대 이래 포도나무, 포도, 포도주가 풍요와 축복의 상징으로 바뀌면서 사랑을 받았다. 만화 제목에서처럼 '신의 물방울'임에 틀림없다.

포도의 새콤달콤한 맛은 사람에 따라서 다른 상징으로 기억에 자극을 준다. 이육사는 시에서 청포도를 등장시킨다.

"이 마을 전설이 주저리주저리 열리고 먼 데 하늘이 꿈꾸며 알알이 들어와 박혀…."

어릴 적 국어 시간에 일제시대에 쓰인 이 글은 식민지 생활의 고단함을 벗어나려는 의식을 상징한다고 배웠다. 청포도가 익어 가는 마을이야말로 청소년들의 마음속 이상향으로서 손색없다. 몸과 함께 마음의 활력을 이끌어 내는 포도를 상징어로 선택한 묘미가 뛰어나다.

한편, 이와는 사뭇 다른 슬픈 포도가 있지 않던가. 「분노의 포도」에서

존 스타인 벡은 황폐해진 땅을 서러워한다. 거기에서 먹고사는 가난한 가족 이야기는 슬픈 이야기다. 그의 작품에서 포도는 이육사와는 달리 허덕이며 사는 가난한 삶을 표현하고 있는 상징으로 쓰인 것이 아닌가 생각된다. 포도밭으로 달려가던 어린 시절 우리와는 반대였던 것이다.

힘들었던 시절을 상큼하게 역설적으로 표현하는 데 등장하는 포도는 고흐의 그림에서도 반갑게 볼 수 있다. 「아를의 붉은 포도밭」은 파리에서 아를로 이사한 뒤의 아름다운 삶의 흔적을 그린다. 파리에서의 지긋지긋한 삶을 청산하고 난 뒤의 기쁨과 환희가 강하게 드러나 있다. 자연과 조화로운 포도밭에서 아마도 파리를 잊어버리고 싶어 했을 게다. 그 기쁨에 넘쳐 포도 한 송이를 입에 덥석 물고 힘이 넘쳐 신나게 그린 것이 아닐까.

내가 강의를 하던 S 대학에는 통로 벽에 멋진 그림들이 많이 걸려 있었다. 녹화를 마친 어느 날 천천히 계단을 걸어 내려가던 중 눈에 번쩍 뜨이는 그림이 있어 살펴보니 「사향포도가 있는 창가」라고 하는 작품이었다. 손을 뻗어 한 주먹 움켜쥐고 목을 축이고픈 탐스러운 포도송이가 그림 가운데 떡 하니 차려져 있었다. 밝은 꽃과 나뭇가지가 붉은 노을을 배경으로 틀을 갖추고 있는데, 포도만 남색으로 강렬했다. 창가에 놓은 크리스털 그릇에 꽂혀 있는 꽃, 그 뒤의 풍경만으로도 감정이 출렁이는데 내가 좋아하는 포도까지 한 그릇 담겨 있으니 그냥 지나칠 수 없었다.

작가는 미셸 앙리(Michel Henry), 제작연도는 2008년이라 쓰여 있었다. 작가가 누구인지 다급해졌다. 돌아오는 전철에서 찾아보니 남달리 자연을 사랑하는 작가였다. 자연사랑이 넘친 그는 전업화가인데도 원예 협회 명예회장을 맡으면서 따로 봉사를 할 정도였다. 그리고 사향 포도

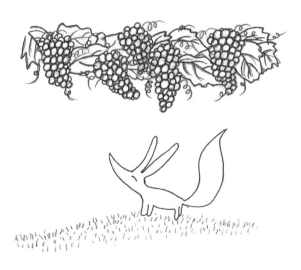

를 전문으로 그리는 작가라고 나와 있었다. 그렇게 그를 알고 나니 다음
에는 좀 더 친근감이 들 것 같다.

오늘 저녁에는 포도 한 송이 크리스털 그릇에 사뿐히 모셔 놓고 천천
히 천천히 존경하면서 즐겨야겠다. 포도를 존경하는 최초의 인류가 아
닐까.

9. 나무꾼과 낚시꾼, 딱 한 수 위이래

자유인의 가장 리얼한 모습은 예나 지금이나 낚시꾼이다. 그 낚시꾼의 원조랄 수 있는 이는 강태공이 아닐까. 강태공의 후손 격인 자유인 낚시꾼은 나무꾼에 비해서 삶의 지혜와 전략에서 한 수 앞설 것이라는 시답잖은 생각으로 이 글의 첫 단추를 꿰어 본다.

본디 나무꾼은 그대로 서 있는 나무를 언제 베어 갈까, 어떻게 벨까를 심각하게 궁리할 필요가 없다. 나무가 어디로 도망가지도 않으니 그대로 두고 지내다가 필요할 때 가서 제 맘대로 베면 된다. 그런데 낚시꾼은 움직이는 물고기와 실시간으로 잔머리 싸움을 한다. 놓치지 않고 잡아들여야 한다. 이 때문에 그냥 놀이라기보다는 수를 찾아 싸우는 생존게임이다. 그것을 즐긴다니 얼마나 차원이 높은 분들인가.

그러니 낚시꾼이 나무꾼보다 수가 더 많이 필요하겠다. 그래서 초보 자유인은 나무꾼으로 시작을 하고, 원숙한 자연인은 낚시꾼으로 살며 즐거움을 찾게 되는 것 같다.

조선시대 이명욱(李明郁)이 그린 「어초문답」(漁樵問答)에서 나는 이 점을 확실히 발견했다. 제목에서 낚시꾼이 나무꾼보다 먼저 언급되는 것만으로도 그 의미를 짐작할 수 있지 않을까. 낚시꾼의 얼굴이나 피부가 나무꾼보다 검게 탄 것을 보니 짬밥이 오래되었음을 알기에 충분하다. 그뿐만 아니라, 나무꾼은 온갖 수다를 다 떨고 있는 표정과 제스처를 들켜 버렸다. 그에 비해 낚시꾼은 세상 다 산 사람 같은 넉넉한 미소로 그 나무꾼을 물끄러미 바라보고 있다. 이 표정, 그 여유에 다 이유가 있지 않을까. 세상살이에 공짜가 없는 법.

「어초문답」을 좀 더 자세히 들여다보자. 전체적인 구도로 보면 낚시꾼과 나무꾼은 서로 뭔가를 신나게 이야기하는 모습이다. 산속 좁은 길을 앞서가는 어부가 뒤에 붙어 따라오는 나무꾼을 돌아보고 있다. 그런데 자기 이야기를 하기 위해 고개를 돌리는 것이 아니라 뒤에서 조잘대고 있는 나무꾼의 이야기를 잘 들어주려고 고개를 돌린 것이다. 말을 하기보다 그의 이야기를 잘 들어 주려는 배려의 몸짓이 도드라져 보인다.

어부는 물고기 두 마리를 꿰어 한 손에 들고 또 한 손에는 그럴싸한 낚싯대를 멘 폼으로 보아 제법 프로 어부처럼 보인다. 뒤따라가며 뭔가 이야기를 늘어놓는 나무꾼은 긴 나무 메는 막대기를 들고 가는데, 꽁무니에 도낏자루만 꼽은 채 나뭇짐도 없이 빈털터리인 걸 보아 하니 아마도 초보 나무꾼인듯싶다.

어부와 나무꾼의 대비가 재미있다. 어부는 얼굴이며 몸이 검게 그을렸고 근육질 몸매인데 옷도 대충 해져서 너덜거리는 상태다. 그에 비해 나무꾼은 얼굴색이 하얗게 맑고, 옷은 꿰맨 자국이 있지만 단정하다. 표정을 볼작시면 어부는 묵직하고 덤덤한데, 나무꾼은 해맑은 표정에 손짓을 해 가며 뭔가를 주장하거나 설명하는 폼이다. 연배로 미뤄 보면 어부가 선배이고 이런 삶에 익숙한 듯 여유 있는 표정인데, 나무꾼은 아직 이런 삶에 초보인 것으로 보여 한 수 아래인 것이 분명하다.

이들은 원래 이런 삶이 아니었을 것이다. 원래 그들의 삶에서 튀어나와 나름대로의 새 방식으로 살아가려는 제2의 인생들이다. 강태공처럼 세상을 멀찌감치에서 지켜보면서 은둔하는 어부에서 여유와 초월을 읽어 낼 수 있다. 아마도 전직이 있었다면 무관이거나 성질이 급한 올곧은 사람이었을 것이다. 나무꾼은 아무래도 문신으로서 자기주장이 용납되지 않아 때려치우고 선배 있는 이곳으로 내려온 지 얼마 안 된 초보 자유인인 듯하다. 아직 분을 삭이지 못했고 궁금한 것도 많은 피부조차 햇빛에 익숙하지 않은 선비, 나무하러 갔지만 나무는 하지 않은 채 선배 뒤꽁무니를 따라다니는 재미로 소일하는 삶으로 보인다.

동양화에 등장하는 이 은퇴 선비들은 대개 장자 철학으로 정신 샤워를 이미 마친 사람들이다. 서양 영화에 나오는 사람들처럼 강가에 별장을 짓고 새 사업 기획 차 내려와 보트를 젓는 현직 인사가 아니다. 자급자족하면서 세상을 꾸짖거나, 세월을 전당 잡히고 자신의 신세를 비유하는 시나 지어 하루하루를 새기는 유한 부류에게 논의할 거리는 무엇이 있을까.

나무야 오늘 못하면 내일 하고, 물고기야 입맛 돌아올 정도로 한두 마리 걸리면 다행이다. 헐뜯고 괴롭힐 사람 없는 이 산속이 좋고, 눈 감고 귀 닫으니 가슴 콩닥거릴 일 없어 좋다.

그런데 이 초보 나무꾼은 뭐가 그리 할 말이 있을까. 선배는 그런 초보 후배가 귀여워서 넉넉하게 미소 지으며 뒤돌아본다. 오늘 저녁은 선배 집에 가서 매운탕을 안주 삼아 옆집에서 보내 준 막걸리 한사발로 또 세상을 들었다 놓았다 하겠지. 초보 자유인 덕분에 선배 귀는 좀 쟁쟁 울리게 생겼다. 그래도 초보 후배가 귀엽다. 자기가 걸어온 추억이 그에게서 보이니 더욱 귀엽다.

「어초문답」에 나오는 자연을 상대로 열심히 살아가는 자유인들의 거침없는 모습에 부럽다 못해 질투가 생긴다. 증오에 가까운 속 좁은 질투는 접고, 생각을 뻗어나가 보자.

예술은 사회현상을 반영한다. 수렵에 가까운 방식으로 살아가던 당시 사회에서도 불가피한 협업과 분업의 사회시스템 가운데서 공진화해 나가는 방법에 대한 논의를 그칠 수는 없었으리라. 그들은 생활 상식이나 생존 기술을 나눴을까. 그 정도 이야기에서 그러한 파안대소가 나올 수 있을까. 실생활 상식 문답은 아니다.

깊은 산속 외진 땅에 발을 붙이고 사는 외로운 두 은퇴자의 문답은 어떤 내용이었을까. 그냥 "오늘 안줏거리 마련했으니 한잔 걸치세" 하는 정도에 그치지는 않았을 것이다. 자연 속 은거를 스스로 선택한 자유인이었으니 천문지리에 대한 이야기, 최근에 공부한 지식 담론을 자유롭게 즐겼을 것이다. 자연과 더불어 전공을 심화시키는 '몰입의 희열'이 느껴진다. 그래서 파안대소에 이르렀을 것이다.

그 뒤를 이어 비슷비슷한 그림들이 등장하곤 하는데 아마도 이 원전을 따른 것이 아닐까 생각한다. 이런 내 추측은 그림 속에 펼쳐지는 그들의 삶이 부럽다 못해 질투가 나 지어낸 천박한 억측일 가능성이 큼을 고백하고 얼른 마지막 엔터를 찍어야겠다.

10. 형상形象에서 형상形像으로

형상(形象)과 형상(形像)은 그 뜻이나 차원이 서로 다르다. 사전에서 찾아보면, 앞의 형상(形象)은 "사물의 모양이나 상태"를 뜻한다. 흔히 자연 속에서 발견된 모양새 또는 있는 그대로의 모습을 말한다. 그러니 이 말이 뜻하는 핵심은 있는 그대로의 모습을 나타내는 '이미지'라는 점이다. 이미지란 처음 보았을 때, 아! 그것이라고 느끼는 것이다.

그에 비해 뒤의 형상(形像)은 "어떤 대상의 모습을 마음과 느낌을 따라서 떠올리거나 표현한 것"을 뜻한다. 여기에서는 감각적으로 떠 올리거나 '표현'을 하는 활동이 중요하다.

이미지를 뜻하는 앞에서 말한 형상이 바탕이 되어서, 또 다른 활동을 덧붙여 가는 것이다. 그러니 앞의 말과 뒤의 말은 예술로 완성되는 순차적 과정을 나타내는 대표적인 '두 모습'으로 생각된다.

창작이라고 하는 것은 어떤 모습을 발견하고, 상상으로 재현하는 표현활동이다. 그 같은 추가적인 활동이 일어나는 과정이나 그런 활동으로 얻어지는 최종 성과물을 흔히 예술이라고 불러 왔다. 물론 최근에는 앞의 형상이 반드시 전제되지 않고 추상적이거나 융합과정을 거치면서 화학적으로 해체된 채 새롭게 생겨나는 것들이 많다. 이런 활동들이 오히

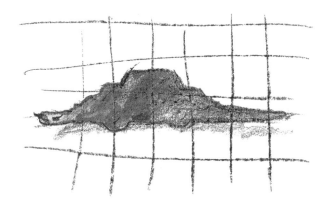

려 부가가치를 더 많이 올리고 사람들을 새롭게 이끌어 낸다. 이래저래 트렌드의 맨 앞에서 달리고 있어, 이 대열에 끼지 못하면 뒤처지고 만다.

형상(形象)과 형상(形像)으로 다시 말하면 이미지를 구체화하는 과정에서 두드러진 화가가 있으니 바로 피에트 몬드리안(Piet Mondrian)이다. 그런 작품 가운데 「붉은나무」, 「회색나무」는 나무 한 그루가 자라면서 가지가 어디에 어떤 모습으로 생겨나는가를 발견하여 단순하게 표현했다. '피보나치의 수열'이라고 하는 자연법칙에 따라서 가지가 생겨나고 점점 커져서 마침내 일정한 형상(形象)을 갖추게 되는 것이다. 다 자란 뒤에 갖게 된 이 이미지를 바탕으로 몬드리안은 그 모습을 떠올려 작품으로 표현했다. 형상(形像) 작업을 덧붙인 것이다.

사실, 자연 속에서 이뤄지는 피보나치의 수열은 그리 신기할 것도 없다. 꽃이나 나무가 자연 속에서 나름의 생존 방식을 만들어 가면서 사는 것일 뿐이다. 햇빛, 바람, 에너지를 가장 많이 받을 수 있도록 오랜 시간 동안 지내면서 저절로 생겨난 생존 법칙 아니면 진화 법칙일 뿐이다.

수학자인 피보나치가 찾아낸 형상(形象)과 화가인 몬드리안의 형상화

(形像化)가 만난 것이다. 그리고, 마침내 한 폭의 아름다운 그림으로 오늘날 우리 곁에 와 있다. 자연의 생존 형식을 인간이 예술 형식으로 조명해낸 것 아니겠는가.

형상과 형상을 자연스럽게 넘나들며 오늘날 우리 삶과 친해진 또 다른 천재가 있다. 의학, 동물학, 평화 사상을 넘나든 에른스트 헤켈(Ernst Haeckel)의 이야기이다. 그는 해안가에서 채집한 방산충(放散蟲)들에서 기막히게 형성된 대칭구조를 발견한다. 동물학자로서의 감각이 발동한 것이다. 그리고 이 감탄스럽기 그지없는 형상을 꼼꼼하게 스케치해 두었다. 자연 형상을 기억해 두려고 예술 형상화 작업으로 뻗어 나간 것이다.

그의 형상 성과물은 여기에서 그치지 않는다. 1900년 파리 세계박람회 기념관 대문을 만들 때 르네 비네(R. Binet)라는 건축가가 이를 모델로 사용했다. 헤켈의 스케치들은 나중에 『자연의 예술형태』로 출간된 자기 책에 삽화로 멋지게 등장한다. 그리고 마침내 다른 조각가들에게도 널리 알려져 앞다투어 활용되었다.

보다 더 중요한 것은, 이러한 자연 형상에서 출발한 형상 예술들이 생활 속에서 사랑을 받는다는 점이다. 자연 속에서 삶의 지혜를 얻는 익숙한 관계가 예술을 매개로 이어지는 것이라고 생각된다. 그렇다면 자연의 생존 법칙이 만들어 낸 형상(形象)을 인간이 아름다운 형상(形像)으로 다시 탄생시켜 일상생활 속에서 즐기는 것은 아주 자연스러운 일이다.

형상(形象)에서 형상(形像)으로 뻗어 가는 아름다운 관계 창조가 이제 생활예술에도 적용되어 사랑을 받고 있다. 몬드리안의 가구 장식이나 헤켈의 벽지 문양이 우리네 삶 가까운 데서 편안하게 행복을 안겨 주는 것이다.

문화예술을 생활 가까이에서 찾고 즐기는 요즘 자연과 사회, 형상과 형상이 함께 만나 아름답게 어깨동무하도록 찾아내 준 예술가들의 눈과 손에 존경을 보낸다. 이것이 또 예술생태계의 지속 발전 가능한 방식이기 때문에 더욱 그렇다. 그러고 보니 내가 좋아하는 '생태계'라는 말을 처음 쓴 이가 바로 헤켈이었다니 그가 또 달리 보인다.

11. 피카소의 한 달

내가 만들어 운영하던 '현대사회와 문화예술' 수업 시간에는 맨 먼저 우리 사회에 예술이 탄생하고 소멸하는 것을 다룬다. 이 세상에 예술작품이 탄생해 '살아'남거나 '사라'지는 배경을 찾아본다. 사회 수요에 따라서 예술은 탄생하고, 사회를 반영하여 교류·향유·평가되면서 살아남는다.

이때 첫 번째 사례로 초대하는 예술가는 바로 피카소(1881~1973)이고, 작품은 「게르니카」이다. 「게르니카」는 흑백 대치의 색감이 주는 적막감, 괴상한 모습들의 섬뜩함, 처절하게 절규하는 인물 묘사가 생생하다. 전쟁이 얼마나 참혹한 짓인지를 잘 보여준다.

이념성 짙은 이 작품이 주는 감동에 눈물을 흘리는 어머니의 모습을 보고, 장 미셸 바스키아(1960~1988)는 방랑자 생활을 접고 화가가 되기로 결심했다고 할 정도다.

우리 사회에서 전쟁은 인간이 내리는 최악의 선택이다. 그런데도 오랜 시간의 흐름 속에서 절대 사라지지 않고 악순환을 이어간다. 전쟁은 쌓였던 갈등이 극단적으로 표출된 악행이다. 이와 사뭇 달리 예술이라고 하는 것은 인간의 감성을 창조적으로 표현한 것이다. 예술이 추구하는 가치와는 거리가 먼 전쟁을 피카소가 작품 소재로 삼은 것이다.

'전쟁과 평화'를 이야기할 때 배경 그림으로 자주 등장하는 이 「게르니카」는 어떤 사연으로 탄생되었을까.

게르니카는 스페인 바스크 지방의 지역 이름으로, 피카소의 고향이다. 여기에서 스페인 내전이 발생해서 독일 연합군이 게르니카를 4시간 동안이나 폭격했다. 1937년 4월 26일이었다. 그 뒤 5월 1일, 「스 르와르」지가 폭격 장면 사진과 함께 1,654명 사망, 889명 부상을 절규하듯 알렸다. 이 맹렬한 폭격으로 게르니카 마을은 지도에서 사라져버릴 운명에 처했다.

삶터를 잃은 게르니카 주민들은 분한 마음을 세상에 알리고 도움을 받을 궁리를 하다 고심 끝에 방법을 찾아냈다. 피카소에게 찾아가 참상을 그림으로 그려 달라고 호소한 것이다. 고향 사람들의 절박한 요청을 받은 피카소는 어떻게 했을까.

그는 마침 박람회 전 막바지 준비 작업 때문에 바빴다. 우선 마무리 중인 작업을 얼른 끝내고 주민들이 부탁한 작품을 그렸을까. 아니다. 분기탱천한 그는 마무리만 남은 작품을 밀쳐 내고 전쟁의 참상을 그리는 작업에 곧바로 돌입한다.

몇 주간의 폭풍 작업 끝에 「게르니카」를 완성한다. 한 달만인 6월 4일이었다. 주민들이 찾아오지 않았어도 신문 보도만 보고도 그림을 그렸을 수도 있지만, 주민들과의 강력한 소통으로 작품이 탄생되는 계기가 만들어진 것이다. 예술은 그 무엇보다도 강력한 소통 가치를 갖는다.

그런데 아쉽게도 완성된 「게르니카」는 당장 세상을 떠돌며 전쟁을 알리는 데 나서지 못했다. 당파나 사회정치적인 다툼의 소용돌이에 휘말려 전시나 보관조차 어려웠다. 한가롭게 작품 평가를 받을 입장도 못 되었다. 그림도 '망명'을 하여 여기저기를 떠돌다가 전쟁이 끝나고도 세월이 한참 지난 뒤에야 방탄 유리에 싸여 스페인에 자리를 잡았다.

사회문제를 정면에서, 그것도 날카롭게 그려 낸 대가를 톡톡히 치른 셈이다.

파리가 독일에 함락된 뒤, 독일 장교가 작품 「게르니카」를 보고 피카소에게 물었다.

"이 그림 당신이 그렸나요?"

피카소가 답한다.

"아니요, 그걸 그리게 한 사람은 바로 당신들이요."

이런 창작 배경과 고뇌가 계기가 되었는지 확실하지는 않지만, 피카소는 파리 해방 뒤에 공산당에 입당한다. 그리고 한동안 '전쟁과 평화'를 주제로 그림을 그리게 된다.

그 가운데 예술적으로 유명하지는 않지만 우리나라에서 생긴 일을 고발하는 작품 「조선에서의 대학살」도 피카소의 작품이다. 미군이 한국 양민을 학살하는 장면을 그렸다는 이야기와 북조선 당국이 주민을 학살하는 장면을 그렸다는 이야기가 나뉘어 전해지고 있다. 더불어 또 다른 작품 「전쟁과 평화」는 그가 사회에 던지고 싶은 강력한 절규였던 것이다.

그런데 「게르니카」는 동판화 「미노타우리카」에서 영향을 받았다고 하는 이야기도 한토막 떠돌아다닌다. 피카소가 언젠가는 그런 식으로 한번 그려 보고 싶어 했는데, 마침 게르니카 폭격으로 그 계기를 만난 것으로 어느 평론가는 해석하기도 한다. 가능성이 없지는 않지만 스토리가 고약하기 그지없다.

어쨌든 예술 한편이 이 세상에 탄생하는 데는 작가의 문제 인식과 가치관이 매우 중요하다. 작품의 스타일이야 다른 데서 영향을 받을 수도 있겠지만 두 눈 부릅뜬 작가의 눈매에서 세상을 뒤집어 놓을 예술이 시동 걸린다. 피카소의 「게르니카」는 한 달이라는 시간의 변주곡으로 이뤄진 명작이다.

12. 그린 신념, 세한도

추사의 「세한도」는 단지 하나의 작품에 그치지 않는다. 창작되고 국경을 넘어 교류·향유되면서 예술인들에게 '의미 있는 신념체계'를 형성해 주었다.

「세한도」는 추사가 조선 땅에서 그린 '그림으로 창조된 정신'이었다. 이 그림을 이상적(1804~1865)이 중국에 가져갔다. 학자나 예술가들이 함께 즐기면서 앞다투어 감상문을 지었다. 여기에 참여한 이들은 장악진, 오찬, 조진조 등 걸출한 16인에 이른다. 이들은 「세한도」를 향유하면서 한 점의 예술작품을 넘어 예술가 추사와 소통하는 기쁨을 나눴다.

이상적은 이들의 시제를 제주에 있는 추사에게 갖다 보였다. 추사는 이에 감동의 눈물을 뿜으며 '확대된 소통'의 기쁨을 누렸다. 신념 체계의 '공유'와 가치 증식이 중국과 조선을 오가면서 굳건해진 것이다.

이 그림은 다른 사람의 손을 거쳐 흘러 다녔다. 이윽고 일본의 후지츠카가 이를 수집하면서 「세한도」는 일본과의 예술교류를 트게 된 셈이다. 한중일 세 나라에 걸쳐서, 생산·유통·향유되었다. 그림 한 장이 한중일 문화공동체 가치를 높이는 매개체 역할을 한 것이다.

그 뒤 손재형이라는 사람이 후지츠카에게 간곡히 반환을 요청했는데,

후지츠카는 돈도 받지 않고 그냥 한국에 되돌려 준다. 돈으로 환산하면 추사를 욕 먹이는 것이 된다며.

세한도 한 장에는 이렇듯 많은 사연과 철학이 아로새겨 있다. 한중일 문화공동체는 인접 국가에서 살고 있는 사람들이 맺는 의미 있는 가치 신념 체계를 바탕으로 움직인다. 인접 지역에 존재하는 것 그 자체만으로 우선 생겨나 인정받는 것이다. 지역 속성을 갖는 것 자체, 거기에서 뽑혀져 나오는 가치 때문에 효용성이나 그 어떤 다른 가치보다 우선시 되는 것이며, 존경하는 분의 무한 가치(priceless price) 예술을 인정한 것이다.

한중일의 문화는 오랜 역사를 흐르며 일정 부분 이미지로 굳어져 내려 왔다. 유사한 색채, 표현 방식이나 필법, 오랜 역사적 기억들, 음식이나 패션 같은 생활문화, 지배적인 삶의 철학, 학문적 유대감 등에서 이미지 로서의 가치를 지닌다. 이미지 가치 체인(image·value chain) 때문에 인 근 국가의 문화적 측면들이 쉽게 한 무리로 인식되는 경향도 있다. 그런 데 최근 소용돌이 환경 때문에 기존의 이미지와 인지 관계는 바뀌고 있 다. 그리고 문화공동체 기본 가치에 변화를 주고 있다.

오늘날 대중 예술을 중심으로 하는 한류의 흐름은 점점 차원을 달리하 면서 공동체 문화소통 가치를 넓히고 있다. 장르별로는 드라마, 대중음 악, 순수 예술을 이어가면서 계속된다.

그런데 이제는 차원을 달리해서 학문과 지식 발달의 측면에서 새로운 한류의 기운이 일고 있다. 순수예술이나 학문, 음식 등에서 이러한 기운 이 일고 있다. 다양한 현대 사회가치 속에서 추사의 정신을 현대적으로 재해석해서 한중일 아시아 지역의 가치로 승화시켜 문화공동체 정신으로 소통하는 것이 무르익었다고 본다.

「세한도」는 결국 협력적 창조 활동으로 오늘에 이르렀다. 요즘 말로 아카데미 활동으로 확대된 것이다. 추사를 흠모하던 후지츠카는 단지 흠모에 그치지 않고 체계적으로 문화교류 학술연구를 해 왔다. 이 점에서 국제사회에서 신뢰, 호혜성, 참여라고 하는 국제 사회적 '자본'을 높인 활동으로 평가된다.

그리고 과천 박물관에 추사 관련 자료들을 기증함으로써 추사를 매개로 한 한중일의 공간, 조선시대와 현대에 이어지는 시간을 압축시켜주었다.

"예술적 창조물은 특정한 역사적 시기에, 특정 사회에 살고 있는, 특정한 사람들에게 영향을 줄 수 있다. 그러나 예술적 커뮤니케이션은 인터넷 커뮤니티는 물론이거니와 다른 공동체에서 진행되고 있는 현실을 반영하고 나아가 다양한 나라와 지역의 사람들을 묶는다."

내 책에서 인용한 바 있는 요스트 스미르스(Joost Smiers), 네덜란드 위트레흐트 예술대학교 교수의 말이다.

13. 시간의 코뚜레

'3 Minutes'

이 붉은 글씨가 정면을 날렵하게 가로지르는 프로그램 화보는 세종 문화회관에서 열린 발레리나 김주원의 탱고 발레 모습이다.

3분. 이 짧은 시간은 발레 한 곡을 추는 데 걸리는 시간이다. 이 정도면 그들의 세상에서 땅게로와 땅게라가 가슴에서 가슴으로 '세상'의 모든 것을 나누기에 충분한 시간이다. 밀롱가 가수도 역시 이 순간에 사랑, 슬픔, 기쁨, 이별을 모두 담아서 뿌려 준다.

땅게로는 아르헨티나 탱고인 '땅고'를 출 때 리드하는 남자, 그리고 땅게라는 여자를 부르는 말이다. 밀롱가는 땅고 무도회장이다. 슬프고 때로는 비장감이 도는 3분짜리 몇 곡으로 밀롱가는 깊은 밤 시간 종합예술에 흠뻑 젖어 든다.

일상생활에서와는 너무도 다른 땅고세계에서의 3분의 길이는 아는 이만 안다. 3분이라고 하는 눈 깜짝할 새에 창조해 내는 예술의 깊이와 시간의 길이를. 그런데 알고 보면 땅게로의 3분은 정말 길다.

'15분'

에디뜨 뻬아프가 그 유명한 「라비앙 로즈」를 만드는 데 걸린 시간이다. 무명의 촌티 나는 신인가수 이브 몽땅을 만나자마자 영감이 생겨 이뤄진 일이었다.

"나에게 너를 보여줘, 그럼 나는 네 인생을 장밋빛으로 바꿔 줄게."

조그만 참새(라몸므)라고 불릴 정도로 작았던 피아프는 무서운 사랑의 열정으로 노래 가사처럼 그 남자를 도와줬다. 나중에는 배우로 대성할 기반을 만드는 데도 헌신하여 디딤돌이 돼 줬다.

작사 작곡까지 다 끝내기에 충분했던 단 15분. 이 시간은 두 사람 사이에서 15년보다 더 격정적인 교감을 이어 준 시간예술이었다. 비록 그 격정의 시간은 4년 만에 녹아버렸지만, 그 노래는 오늘날까지도 많은 사람들 가슴속 격정을 '다 쓸어버리고' 있다.

밀롱가의 3분이나 작은 참새의 시간은 알 수 없는 세계를 이끌어 간 무한 긍정의 시간 코뚜레였다.

영화 제목으로도 쓰인 적이 있던 세렌디피티(serendipity)라는 말은 우연히 무엇인가를 발견하는 능력쯤 된다. 그런데 예술세계에서 흔히 감동적인 스토리로 소개되는 이런 것들이 정말 우연일까. 아니면 예측하지 못한 필연인가. 예술이나 과학에서 이 시간들은 우연이라기보다 무엇인가를 추구하려는 강렬한 집념과 집착의 결과라고 하는데 나 또한 그렇게 받아들이고 싶다.

적어도 하나의 테마를 추구하려는 강력한 노력에 주목해 봤다면 이런 것을 단순히 '우연과 시간의 만남'으로 여겨서는 안 된다.

"이번 작품은 맘에 들었나요, 잘 될 것 같습니까?"

라는 질문에 대해 찰리 채플린의 대답은 그저 간단했다.

"다음에 또(next one)"

끊임없이 다음을 기약하며 이 시간, 이 기회를 하나의 단순한 시도로 간주하는 자세. 세상에 없던 창조를 담보할 수 있는 자세가 아닌가 생각된다.

감동을 먼저 받자. 순수하게 잘 된 점을 인정하고 감동을 받는 데서 시작하자. 그리고 더 넓게 생각하여 새로운 것에 도전하자. 마지막으로는 다르게 응용하는 방법을 개발하자. 이런 절차를 거쳐서 뭔가 목 뒤 신경을 타고 흐르는 것이 느껴진다면, 세렌디피티가 우연이 아니라 만들어진 것이라고 확신해도 된다.

시간의 흐름이 다른 것과 만나면서 만들어 내는 마술 같은 힘은 그저 신기하고 신비롭기까지 하다. 감성이 춤을 추며 내려오는 별빛 그윽한 저녁 시간에 음악은 유기체의 생체까지도 변화를 일으킨다니 놀랍다.

몽골 초원, 고즈넉한 밤을 흐르는 마두금 연주는 긴 여행길 손님의 온몸을 파고들며 긴장을 풀어헤쳐 준다. 말머리 모양으로 생긴 데서 마두금이라고 이름 붙인 악기에는, 믿기 힘든 이야기도 전해 온다. 초원에서 새끼를 낳은 말들은 생체리듬이 바뀌고 긴장을 하다 보면 새끼에게 젖을 주지 않거나 심하면 해코지를 하기도 한다. 이때 목동이 마두금으로 음악을 들려주면 성격이 순해지고 새끼도 잘 돌보게 된다고 한다.

같은 맥락인지 모르지만, 음악을 들려주면 젖이 잘 나온다며 오디오 장비를 필수품으로 설치하는 축산 농가도 많다. 그런데 재즈음악을 듣는가 판소리를 듣는가에 따라 소들의 반응에 차이가 있을까 없을까? 판소리 가락에 길들여진 소가 젖도 더 많이 나오고 육질도 더 부드럽다고 한다. 믿자.

이처럼 자연의 섭리조차 새 시스템으로 변화시킬 수 있는 기운은 무엇일까? 바로 '시간의 힘'이다. 감성이 흐르는 그 짧은 시간에 전에 없던 에너지가 만들어진다.

우리는 일상생활을 메트로놈처럼 살지는 않는다. 시간을 쪼개고, 연결하여 늘 쫓기며 산다. 시간을 타고 흐르는 무대 위 인생이 평생을 살면서 '시간의 코뚜레'를 시원하게 한번 벗어던지기란 쉽지 않다.

쓸모 적은 자투리 시간에 예술로 초대를 받아 감동으로 하루를 채운 적이 있는가. 오전 11시경의 주부들, 점심 식사를 마친 직장인들, 하루 고된 일을 마치고 마루에 걸터앉은 농부들, 모처럼 주말이 여유로운 중년 부부들이 예술세계에 초대받아 상큼하게 삶을 되돌려 받는 호사를 누린다.

공연 초대장의 달달한 몇 줄은 치유, 영양, 활력을 주는 처방전이다. 자유 시간이 늘어나도록 스스로 애쓰고 있는 이때, 예술 문턱에서 서성이는 이들을 죄어 오는 '시간의 코뚜레'를 과감히 벗어던져도 예술이 크게 흐트러지지 않는다면.

14. 예술을 가꾸는 2년과 20년

'문화예술의 정치화'가 갈수록 도를 넘고 있다. 전문가에게 권한을 주어 지역의 문화가치를 높이려고 만든 문화재단의 대표 자리를 정치인들이 선거 전리품으로 쓰는 경우가 있다. 임기 2년조차 제대로 지키지 못하고 쫓겨나는 예술 경영자들의 실정이 바로 그 지역 예술의 수준을 보여주는 것인데도 말이다. 낙하산 불시착 때문에 지역다움, 지역 터 무늬가 함께 훼손되는 것이 사실 더 안타깝다.

하긴 중앙정부의 문화기관 대표도 오래전부터 코드라는 이름으로 끼리끼리 임명하고 쫓아내고 해온 터이다. 장관이 바뀌면 기관장은 불안해지고, 선거가 있으면 재단 대표는 줄 서기를 고민하는 판에서 문화예술이 오염 없이 독야청청할 수 있을까.

아주 오래전에 방문한 적이 있는 미토 예술관이 생각난다.

도쿄에서 일반열차로 약 2시간 거리에 있는 이바라키현의 미토 시(水戸市)는 인구 27만의 작은 도시다. 이곳 미토 예술관은 시립 소학교를 이전하고 남은 빈 땅에 지은 것이다. 1990년에 시 승격 100주년을 기념하여 100m 높이의 아트타워를 세워 예술관의 상징으로 삼았다. 아름다운 겉모습은 물론이고 탑 꼭대기에서 보았던 전망이 오래 기억에 남는다.

이 터를 어떻게 활용할 것인지 무려 10년간에 걸쳐 조사하고, 시민들의 의견을 듣고 난 뒤 고심했다고 한다. 이윽고 그 자리에 예술관을 짓기로 결론을 내렸다. 도시를 살려 낼 방법은 예술과 접목시키는 데 있다고 파악한 것이다. 10년간 관심을 갖고 기획에 참여한 덕분에 예술관을 향한 지역 주민들의 애정은 날로 커져 갔다. 주민참여에 바탕을 두고 운영한 덕에 멋진 예술관으로 자리매김하게 된 것이다.

이 멋진 공간을 누가 경영할 것인가는 처음부터 큰 관심거리였다.

주민들이 힘을 모아서 세계적인 음악평론가 요시타 카즈(吉田秀和)를 초대 예술관장으로 초빙하는 데 성공했다. 그는 음악, 연극, 미술 부문에 중점을 두고 사업을 추진했다. 1988년부터 2013년까지 25년간 그 자리에서 경영해 왔다. 그가 물러난 것은 98세의 나이로 서거했기 때문이다. 현역 예술가가 죽을 때까지, 주민들은 관장 자리를 그에게 맡겼고 그는 그 자리를 맡아 지켰다.

당시 미토 챔버 오케스트라의 음악고문이었던 지휘자 오자와 세이지(小澤征爾)는 그 높은 명성에도 그의 밑에서 함께한 것만으로도 만족스러운 긴 세월을 보내야 했다. 그리고 그제야 비로소 2대 관장을 맡게 되었다.

정성 들여 세계적인 대표자를 초빙한 미술관은 대표자가 쓰러질 때까지 그 직을 맡겼다. 평생 자리를 지킨 그도, 그의 경영을 20년 이상 지켜봐 준 예술 시민들도 모두 훌륭하지 않은가. 한 대표에게 20년을 맡기는 문화정책의 역사를 어디서 또 만들어 볼 수는 없을까.

미토 예술관은 기존의 평가와 장르에 구애받지 않고 독자적으로 관점을 곧추세워 경영하는 진취적 경영 이념을 견지해 왔다. 창조와 실험 정신으로 미래지향적인 예술세계를 열고, 처음부터 국제적인 시각으로 예술교류를 펼쳤다.

이처럼 긴 시간을 함께하며 묵묵히 뒷바라지해 준 미토 시의 문화 협동을 눈여겨봐야 한다. 미토 시는 '미토 예술진흥재단'을 설립하여 매년 예산의 1%를 기금으로 지원하는 시스템을 갖췄다. 단체와 시민 의견으로 예술감독 제도를 보장하고 있다.

이용자 중 약 20%는 도쿄 시내에서 일부러 내려오고, 전체의 약 40%가 이웃 지역에서 찾아오는 것으로 알려져 있다. 외형만 비슷비슷한 대형 문화공간들은 이제 정말 차별화에 유의해야 한다.

도쿄의 문화시설과 경쟁하면서 미토 예술관만의 색깔로 운영한다.

"무엇보다도 도쿄 인접 도시이므로 도쿄와 비슷한 것은 불필요하죠. 무엇이든 특징적인 것을 찾아내서 추진합니다."

이 말속에서 담당자의 자신감을 스캔할 수 있었다. 문화 시설이 도시를 이끌어 가는 주축이 되려면 도시 특성에 따라 장르와 목표가 명확해야 한다. 또, 시민과 함께 시간을 들이고 지켜봐야 한다.

넷.
겨울에는, 고요히 성찰한다

1. 진시황도 못 태운 책

이유야 어떻든 진시황은 세상 모든 책을 불태워 없애 버리도록 했다. 나아가 그따위를 귀하게 여기고 매달려 사는 선비들을 잡아 죽이도록 지시했다. 그런 진시황은 놀랍게도 몇 가지 책만큼은 절대 태우지 말도록 엄명하였다. 진시황도 차마 못 태운 책들이다.

의약, 식목 재배법, 복서(卜筮)에 관한 책이다. 이에 관한 책들만큼은 태우지 말고 남겨 두도록 했다는데, 세상이 없어져도 왜 이 책들만은 남겨야 한다고 진시황이 생각했을까.

현대 일상에서 있음직한 사고방식으로 풀어 보자. 이 책들은 건강관리, 환경보전(기본적인 생산활동)을 통한 삶의 터전 가꾸기, 신에게 맡긴 미래 예측에 관련된 지식이다. 앞의 두 가지 책들의 지식을 줄여서 말하면 인류 종족보존에 기본적으로 필요한 바이오 지식이다. 당연히 후세에 길이길이 남길 뿐만 아니라 더욱더 진화시켜야 하는 소중한 인류 유산이기 때문에 진시황도 귀하게 남겨야 했던 것 아닐까.

인류 역사를 이끌어 온 경제발전 패러다임이 채집, 농경, 산업을 거쳐 정보 경제를 뛰어넘었다. 그리고 4차 산업혁명이라 불리는 기술사회에 돌입하고 있다. 그 주기를 대략 70~80여 년으로 친다. 점점 그 주기가 빨라져서 원래 2020년 정도에 이르면 정보 경제를 뛰어넘는 다른 패러다임이 떠오를 것으로 예상했었다. 그런데 예상보다 5년 정도를 앞당겨 이른바 5.0사회가 이미 닥쳐왔다.

이 시대에서 주목하는 것은 '인간 확장'과 끝없이 뻗어가는 '관계 확장'이라고 잘라 말하고 싶다. 그리고 이런 것들의 중심에는 바로 생명공학을 바탕으로 하는 바이오 경제가 버팀목이 될 것이라고 본다. 또 새로운 경제 패러다임이 시작되어도 여전히 정보기술은 이들의 밑바탕에 자리할 것이다.

진시황이 기가 막힐 이러한 변화가 바로 우리를 둘러싼 세상에 IT를 기반으로 이미 자리 잡고 있기 때문이다. 채집이 아닌 재배 농장을 가 보면 컴퓨터가 새로운 농기구임을 알 수 있다. 농사짓는 이는 농부라기보다는 '컴부'라고 해야 할 것이다. 지게에 쟁기를 걸치고 새벽일을 나가는 베잠방이의 허리 굽은 농부는 이제 어디에서도 볼 수 없다. 앞으로는 양복을 입은 젊은이가 안락의자에 기대앉아 베토벤 음악을 들으며 농사를 짓는 풍경이 더욱 익숙할 것이다.

진시황이 주목했던 식목 재배 기술은 바이오 경제의 기본 출발점인데도 이제 농업 생산물은 똑똑한 상품만 소비된다. U-팜 기술이 모든 농부를 농업 기술자로 바꿔 놓고 있다. 전통적인 농사법이 아닌 농약 사용 및 온도조절 데이터와 노하우를 활용한다. 소비자에게 안전한 스마트 상품을 만들어 내는 IT 농업으로 바꾸는 것이 트렌드이다. 인생 삼모작으로 귀농을 준비하려면 이제는 아예 이 방향에서 시작해야 하지 않을까. 생산은 물론 유통에서도 기상정보 데이터, 생육 시스템, 농업 데이터 활용 시스템, 무선인식 장치를 이용한 인증 시스템 등도 이제 농업에서 상용화되는 기술이다.

새로운 바이오 경제 시대에 인간의 뜻은 과학기술과 더욱더 밀접하게 결합할 것이다. 앞에서 이야기했듯이 채집 수렵의 초보적 발달이었던 농업에서조차도 IT 기반의 첨단기술이 뒷받침되지 않으면 설 땅이 없게 되었다.

사악한 이데올로기에 편중된 것들을 모두 불태우되 생명공학 지식은 남겨 전승시키려던 진시황의 생각. 실용적이지 못한 것들에 대한 증오에서 시작되었지만, 생명에 대한 외경심만은 진시황도 어찌할 수가 없었던 소박했던 시절은 이제 먼 옛날이다. 그래도 거기에 생명보존의 바이오 정신 외에도 나름 첨단기술에 대한 보호 정신이 깔려 있었던 것이 아닐까.

그리고 마지막 하나, 진시황이 남기도록 한 지식 가운데 오늘날 기준으로 특이한 것이 하나 있는데 바로 복서다. 이는 거북이 등뼈를 태워 점을 치거나 산가지를 던져 길흉을 예측하는 주술점을 말한다.

시대를 고려해 생각할 필요가 있다. 당시에는 신정(神政) 시대였다. 어떤 일을 결정할 때는 조상신에게 뜻을 물어서 추진해야 한다고 믿었다. 그 방법으로 복점(卜占)과 서가점이 성행했다.

그러나 이 같은 주술이 갖던 절대적 권위는 춘추시대에 사라졌다. 공자라는 대철인이 나타나 인간행동의 기준을 신의 뜻에 두지 않고, 인간 자신의 의지에 두자고 외쳤기 때문이다. 서양 역사에서도 신의 뜻을 해석하는 자들이 갖던 대리 권력은 이내 인간 본위의 가치에 따라 인간의 자유의지로 바뀌지 않았던가.

그리고 시대는 더 거침없이 흘렀다. 오늘날 인간의 의지는 불확실한 인간에게서 나오지 않는다. 빅데이터라고 불리는 각종 데이터와 첨단적인 분석 기법에 따라 객관화된다. 그리고 의심 없이 선택 기준으로 사용되고 있다.

이제 인간 지능이 아닌 인공지능 시대이다. 인간의 두뇌를 대신하는 컴퓨터, 인간의 몸을 대신하는 로봇, 몸을 대신해서 날리는 드론이나 무인 자동차가 인간 내부의 한계를 외부화시킨다. 확장된 인간들이 대신 일하고 그 결과를 지켜보는 인간은 필요한 것을 선택하면 된다.

더구나 인공지능은 단지 인간 지능을 확장시키는 데 그치지 않고, 인공 '지능'과 인간 '지성'이 환상적으로 결합하는 데 활용되고 있다. 인공지능은 데이터를 통해서 인식을 확장하고, 인간 지성은 가치 전복적인 아이디어를 만들어 내는 능력이 뛰어나기 때문에 두 가지의 '아름다운 공진화'가 일어날 것으로 생각된다.

진시황이 창의성을 개발하는 책도 남겨 뒀어야 하는데 아쉽다. 기술이 발달되면서 창의성과 뇌과학을 더 생각 안 할 수가 없다. 창의성을 키우는 뇌과학에 우리의 미래가 달려 있고 뇌과학이 우리의 내비게이션 노릇을 할 것으로 생각되기 때문이다. 문제의 '해결'보다 '정의'가 더 중요한 시대가 될 것은 진시황도 생각 못 했을 터이다. 진시황 시대에 나름 과학으로 자리 잡고 있던 것들도 오늘날의 문제를 정의할 수는 없었을 테니 당연하다.

문제를 잘 정의하면 이미 반절은 해결된 것이라던 아인슈타인의 말이 이 시대에 딱 들어맞는다. 진시황도 못 태운 그 책들처럼 첨단 기술은 언제나 시간을 앞서 달려가고 거기에 알맞은 생명력을 갖는다. 인간의 머리, 몸, 다리를 외부화하여 빅데이터, 로봇, 무인 자동차가 도와준다. 그리고 감성은 더 고도화되는 신인본주의 시대를 열어가고 있다. 이 세상을 디자인하는 정신적 축은 여전히 생명 외경이다. 이제 '놀라움'을 넘어서 '즐거움'이 자리해 나아갈 4차 산업혁명기술의 5.0시대를 이끌어 갈 생명론적 관점의 가치관을 세워야 한다. 4차 산업혁명이라는 말로 세상을 이끌어 가는 슈밥(Klaus Schwab)도 일찍부터 강조했던 점이 바로 이것이다. 진시황이 슈밥에게 넘겨준 것들은 아직도 진행 중이다.

2. 하게요, 그러게요

　결재판을 들고 온 김 과장은 "~하게요"라고 말하곤 한다. 스스로 결정한 가벼운 일에 대해서 내 뜻을 슬쩍 물어보며 결재를 떠볼 때 그런다. "합시다"보다는 약하고 "할까요?"보다는 강하다. 자기가 알아서 결정은 했는데 그냥 동의해 주기를 바랄 때, 시선을 잠시 허공에 두면서 던지는 말이다. '결과에 대한 책임은 나눠 집시다'라는 뜻을 은근히 결재판 밑에 깔고 와서 보여 주지는 않고 들려주는 말투다.

　그에 대한 내 대답은 "그러게요→"다. 이 말을 할 때는 뒷부분 말꼬리를 절묘하게 내야 한다. 중국어 4성을 응용해서 흉내 내는 듯해야 한다.

　"그러게요↗"가 아니다. "그러게요↘"도 아니다. 끝에 변화를 주지 않고 그대로 쭈욱 이어가서 끝마치는 발음이어야 한다. 처음에는 이상하게 마무리되지만 자꾸 하다 보면 평성으로 끝을 내는 데 익숙해진다.

　이런 대답에 담긴 뜻도 여러 가지다. '그렇게 하세요'보다는 약하다. '당신이 결정했으니 그 결정에 대한 책임을 지세요'라고 하면서 '그렇지만 나도 책임을 나눠 질게요'의 뜻이 담겨 있다.

　특유한 말투인데 묘하게 참 매력덩어리다. 대화의 방식이 중요하다는 말을 하면서 결혼식 주례사 때 신혼부부에게 권장할 만한 말투가 아닌가 싶다.

　고속버스에 몸을 기대고 있는데 봉긋 솟은 야산이 차창을 스치고 지나간다. 적당한 높이여서 험악하지 않고 가깝게 느껴지는 부드러운 선이 매력적인 그런 야산 같은 말투다. 어느 골짜기 논다랑이를 스치는 초가을 바람처럼 정겹고, 수줍은 듯 감기는 말 맺음이다. 작은 저수지 가를 따라 이는 물결처럼 잔잔하면서 여운을 남겨 두는 토박이말이다.

　막말과 폭언이 난무하는 리얼리티 TV 프로그램이나 인터넷 댓글들을 볼 때마다 이 말을 생각하곤 한다. 이 말은 여유와 유연성이 남아 있어, 생각을 한 번 더 가다듬도록 기회를 준다. 이 디지털 시대에 아날로그적 감성을 매칭해 주는 창조적 숙성언어이다.

　극한 대립이 첨예하게 맞닿고 양보가 무능으로 비치는 세상에 완충적인 여유를 남겨 주는 표현이다. 여기서 지금 바로 당장(here and now) 뭐든지 처리해야 직성이 풀리는 조급 사회에서 재고 삼고의 연륜이 다져진 말이다. 자기 입장만 일방적으로 쏟아 내고 상대방은 조건 없이 따르게 하는 자기 잘난 맛에 사는 사람들에게 치료약이 될 수도 있다.

　영어로 표현한다면 'not determined'가 아닌 'underdetermined'의 매력을 지닌다. 감성을 모으는 회의에서 쓰면 서로 격려가 되면서 새 아이디어를 끌어내는 분위기로 사랑받을 수도 있겠다. 이긴 사람이나 집단이 싹쓸이하는 승자독식(winner takes it all) 사회에서 공존·공생·공진화의 교훈이 담긴, 가진 자의 여유가 있다.

　뭐든지 적나라하게 까발리며 미친 듯이 자극을 쫓는 남성화된 세상에서 쑥스러움이 밴 중성적인 수사법이다. 이래저래 나는 이 말이 좋다. 이렇게 말하는 사람들이 참 좋다.

요즘 우리는 민주 사회의 특판 선물처럼 펼쳐지는 무한 표현의 시대를 즐기고 있다. 표현의 자유가 거리낌 없이 난무하고 기회는 무한정 제공된다. 각종 매체나 정보기술이 발달하면서 기기묘묘한 표현 방법이 창조적인 것과 동격으로 대접받는다.

소통가치에 대한 인식은 전달에서 주입으로 원시 회귀하고 상하좌우 커뮤니케이션이 미친 듯 자유롭다. 그런데 이 모든 것들이 과연 얼마나 영혼이 담긴 대화인가 생각하게 되는 경우가 많다. 말풍선에 달린 '좋아요'를 꾹 누르면서 모든 것을 간단히 쓸어다 담아 내던지고 있다, 아니 묻어 버리고 만다.

'아니 되옵니다' 라든가 '통촉하여 주시 옵소서'처럼 간을 벌렁거리게 하는 말은 나오지 않는다. 그 비슷한 울림도 없다. 바보나 외톨이가 되기 싫으니까.

좀 더 들어가 보면 대화의 롤(role), 룰(rule), 툴(tool)을 생각하지 않고 들이댄다. 학습 기회가 없어서 그런지 매우 부족하다. 집단 대화나 인터넷 대화가 문제다. 온라인상에서 개별 이익을 표현하는 시위 때 품격 있는 언어는 눈 씻고 보기 어렵다. 그것이 학교에까지 이어지니 초등학생이 선생님이나 친구들에게 심한 욕을 하고, 그 자녀의 손을 잡고 온 부모는 더 설친다.

신체 밖에 있는 허파나 마찬가지인 인터넷에서 댓글 창은 인격 도살장이다. 익명으로 자신을 숨길 수 있겠지만, 이 언어 비수와 폭력은 언젠가는 어떤 방식으로든 자신에게 되돌아올 부메랑이다.

표현 자유에 올라타 인간적 존엄을 파괴하기보다는 서로의 존엄성을 지켜 주며 해결 실마리를 찾아야 한다. 집단적 대화에서 군중심리에 숨어 또 다른 생채기를 주기보다는 감싸며 감동을 줘야 한다. 넘치고 넘치는 생산과잉 시대에 과유불급의 미덕은 오늘날 언어생활에도 적용된다. 말로써 말이 많아지고, 말씨가 이화수정되어 괴물을 낳는다.

정치나 사회 여기저기서 '아니' 또는 '통촉' 같은 말을 목숨을 걸고 반대할 일도 적당히 넘겨 버리는 자조 섞인 비아냥처럼 여긴다. '까불지 말고, 나대지 말고, 다치지 말고'의 '까나다 원칙'이 신입 직원에게 매뉴얼처럼 전승된다. 절대 책임지지 않고 오래오래 해 먹으려는 사회 풍조 때문이다. 모두 다 약아빠졌다.

피천득, 김재순, 법정, 최인호 등 네 분이 함께한 『대화』라는 책은 젊은 시절에 처음 본 뒤 여태껏 소장하고 있다. 여름휴가 때 삶은 옥수수 한 손에 들고 하모니카 불며 느긋하게 한 장씩 넘기면 좋다.

지루한 기차여행 때 옆자리에 앉은 나이 든 촌 노인들이 살아온 옛날 이야기를 나긋나긋 들려주는 듯해서 좋았다. 어른들의 그 대화 내용에 배어 나오는 삶의 향기는 덤이었다. 서로 한마디라도 더 하려 하거나, 억지로 설득하려 하지 않는다. 젊은 저자분이 질문하고 나이 든 분들이 대답하는 인터뷰 같지만 서로를 존중하는 느낌이 말 한마디 한마디에 주렁주렁 달려 있다.

처음 읽던 파랑새 시절의 그 느낌 그대로 똑같이 지금 이 나이에 다가오지는 않을 것이다. 다시 읽을 때는 그 내용보다 그분들의 대화법을 좀 더 눈여겨봐야겠다.

우리 모두 대화할 때 중성어를 "쓰게요". 꼬~옥 "그러게요→".

3. 고래와 노인, 그렇게라도

푸른 바다를 헤엄치는 고래가 하늘로 물을 뿜어내는 시원한 장면 단한 컷만으로도 보는 이들은 해방감을 만끽한다. 그런데 그 고래가 뿜어내는 두 갈래 하얀 분수는 사실 시원한 물줄기가 아니다. 물속 고래가 오랫동안 머금고 참았던 몸속의 뜨거운 열기이다. 숨 쉴 때 뿜어져 나온 공기가 차가운 기온과 만나면서 수증기 물처럼 보인다는 것이다. 보는 이에게 실제 나타나 보이는 것과 내뿜는 고래의 속사정 사이에는 커다란 간극이 있었다.

나이 든 고래 인간의 '슬픈 날숨' 이야기 한 토막을 들었다. 읽고 쓰기만으로 삶의 보람을 찾던 어느 원로가 정년퇴직을 하면서 동료들에게 긴 이별 인사 메일을 보냈다. 우수저술상도 여러 번 받은 점잖은 분이라 감동적인 명문장을 기대하며 메일을 읽어 내려가던 이들은 그만 숨이 턱 멎었다.

첫 줄부터 끝까지 어떤 한 사람을 비난하는 글로 가득했다. 자기가 당한 비인격적인 모욕도 꼬치꼬치 늘어놓았다. 읽는 이들은 글쓴이를 비난하기보다 그가 당하고 지내 온 세월이 안쓰러워 탄식을 내쉴 뿐이었다. 차마 어떻게 답글을 보내기가 민망해 더 당혹스러웠다.

그 원로, 왜 그랬을까? 귀감이 될 명문장이나 아름다운 이별사로 장식하면 좋을 그 귀한 자리에 왜 오물을 내던지며 지저분하게 더렵혔을까.

아마도 '그 짓'이라도 하지 않으면 자신의 새로운 인생이 숨 막혀 버릴 것 같아서였을 것이다. 물속에서 오랫동안 참아 가득 찬 열기를 내뿜는 고래처럼 아마 그렇게라도 탈출구를 만들지 않으면 안 됐던 것이다. 원로의 절절한 메일은 앞길의 들숨 구멍을 틔워 주는 거창한 '날숨'이었던 것이다.

세상의 흔한 비방글로 오해받을 수도 있다. 그렇지만 그 노인은 자신이 헤엄치며 살던 곳에서, 익숙한 관객들을 향해 마지막 숨으로 '그 짓'을 내뱉은 것이다. 독백이 아닌 비명을 내지르는 그 짓이라도 하지 않으면 살 수 없기에 마지막 큰 숨을 내뿜은 것이다.

또 다른 '그 짓이라도' 하는 사람들이 있다. 공자님 말씀이니 새겨 둘만 하겠다.

"배불리 먹고 하루를 마치면서 마음 쓰는 데가 없다면 딱한 일이다. 바둑과 장기가 있지 아니한가? 그것이라도 하는 것이 차라리 현명하다."

이 말씀은 삶의 최선은 아니지만 차선이 충분한데도 따분하게 살아가는 것을 경계하는 말씀으로 새겨두면 좋다. 우리 속담에 노느니 장독 깬다고, 무엇이라도 해 보려고 애쓰는 것은 나름대로 다 의미가 있다.

「현이도」(賢已圖)라는 그림은 이런 내용을 주제로 삼는 것이 아닌가 생각된다. 장기판 하나를 두고 대여섯 명이 희로애락 하는 표정을 그린 어느 여름날 풍경이다. 관아재(觀我齋) 조영석(趙榮)의 작품인데, 그 작품의 미학적인 감상이나 작가의 미술사적 위상을 굳이 알려 하지 말고 그림 속 인간 군상들 삶의 결을 휙 훑어보면서 대리 만족을 느끼면 충분하리라.

조그마한 나무 판때기 하나, 그 위에 이리저리 그려진 행진 길, 그 길을 풀쩍풀쩍 뛰는 말을 이리저리 움직이는 전투놀이다. 지루한 뙤약볕 아래 하루를 격파하는 한량들의 그냥 파한놀이일 뿐이다. 그런데도 공자님이 나서서 격려를 하고, 의미 있고 현명한 짓임을 애써 강조한다. 인간이라면 모름지기 움직이는 존재임을 증명할 만한 어떠한 짓이라도 해야 한다는 뜻이 아닐까.

공자님은 도대체 아무것도 하지 않는 무위에 대해서는 도저히 참을 수가 없었나 보다. 또 다른 글에서도 이와 비슷한 취지로 말한 바 있다. 어릴 적 교과서에서 읽은 기억이 있는 문장이다.

"썩은 나무로는 도장을 팔 수가 없고, 더러운 흙으로 쌓은 담장은 손질을 할 수가 없다."

낮잠 자는 제자를 꾸짖으며 소리친 것이다. 이런 논리로 짐승에게 못된 짓을 하는 목동조차도 뭔가를 하고 있으니 차라리 다행이라고까지 하며 디펜스를 하고 나섰다.

무엇이라도 하고 있으면 그저 멍 때리는 그림자 같은 놈보다는 인간적이라고 보는 것이다. 신성한 노동력을 가지고도 무위도식하는 삶에 경종을 울리는 깨우침이다.

세상에는 막바지 한계선에 내몰려 숨구멍이 막혀 스스로 삶을 정리한 사람들이 있다. 칭찬받을 수는 없지만 그렇게라도 해야 주위 사람들이나 자신에게 지나온 삶이 정리가 될 것이기에 '그 짓'을 하는 것이다.

그런 삶의 언저리에 못 가본 이는 절박한 막바지 선택에 대해서 언행도 자제해야 한다. 길거리 행인들 틈에 좌판을 깔고 삶의 끝자락을 움켜

쥐는 사람들, 걸핏하면 끼어들고 미꾸라지 댄스를 추면서 시간을 벌려고 운전하는 몇몇 택시 기사들도 그렇다. 정의나 윤리의 끝자락에 걸터앉아서 삶을 구걸한다 해도, '그 짓이라도 하는' 삶이 비록 비루해 보여도, 절박하다면 함부로 비난하기보다 참아줘야 관용 아니겠는가.

그림이나 연극에 등장하는 인물의 삶이 관람객들의 심기를 불편하게 하거나 제대로 현실을 투영하지 못하더라도 우리는 이런 마음 한자락을 이미 펼쳐 놓는다면 그러한 것들을 맑은 눈으로 볼 수 있겠다. 예술이 이러한 삶의 자락을 소소한 풍경으로 보여 주면서 뭔가를 이루지 못해 안달 난 삶에 숨통을 틔어 주는 치유예술이 될 수 있다.

그렇다면, 예술이 갖는 미적 수월성 정도야 잘 몰라도 부끄러울 것이 없다. 가볍게 미소로 날리거나 옥죄고 숨통을 조여 오던 자신을 풀어놓을 수 있다면 존재만으로 자신을 위로하는 데 충분하지 않을까.

4. 폭력을 쪼그라트린 문화예술

2015년과 2016년에 프랑스의 관광지 샤를리 에브도, 파리, 니스에서 IS 테러가 연달아 일어났다. 왜, 하필 프랑스인가를 분석해 보니 그 나라는 정보기관이 허술해서 만만했기 때문이라는 어이없는 결론이 나왔다. 세상을 뒤흔들었던 폭력의 뒷이야기답지 않은 헛헛함이 스친다.

그때 긴급 대책으로 나온 것이 기껏해야 사람들이 많이 모이는 문화예술 행사를 취소하는 것이었다. 공연장이나 문화시설은 모두 서둘러 문을 닫았다. 마티스 미술관, 마르크 샤갈 국립미술관, 오페라 하우스가 있는 예술도시 니스는 바짝 엎드린 '문화 매몰의 골짜기'로 바뀐 채 숨죽이는 꼴이 됐다. 국제 정치문제가 불을 붙였는데, 문화예술이 훌렁 타버린 채 그을려 그렇게 공포의 시간이 오래 흘렀다.

한참이 지난 뒤, 어느 독일인 피아니스트 한 분이 자전거에 피아노를 싣고 테러 현장에 천천히 나타나 존 레넌의 「이매진」을 조용히 연주하고는 서서히 사라졌다. 광장과 극장에 모인 예술인들 몸에는 부끄러움과 에너지가 전기처럼 찌르고 지나갔다.

예술가들의 자존심이 꿈틀거렸다. 부끄러운 프랑스 정부는 테러의 상처를 예술로 치유하는 활동에 나섰다. 예술로 트라우마를 극복하는 데

지원했다. 언론계 종사자나 예술인들에게 심리상담을 해 주고 희생자 가족을 예술로 돌보았다. 예술이 '인간을 인간답게' 대접해 주는 것이었다.

바짝 엎드렸던 예술 국가의 자존심을 다시 일으켜 세우고, 문화 국가의 국격을 꼿꼿이 부활시켰다. 폭력에 잠시는 굴복했지만 어림도 없다는 결기를 예술이 먼저 나서서 보여 주었다. 지방 도시 중 박물관이 가장 많은 니스에서는 테러와 예술의 관계짓기를 집중적으로 추진하는 프로젝트를 만들기도 했다. 그 뒤 지금까지 프랑스에서 테러 소식은 들려오지 않는 것 같다. 예술이 폭력을 쪼그라트린 것이다.

몇 년 전 우연히 다큐영화제에 참석했는데 마침 '전쟁 고발'이 주제였어서 흥미를 갖고 며칠을 계속 찾아갔다. 역시 예술의 사회적 기능은 위대하다는 걸 새삼 느꼈다. 예술이 진정성, 명확한 주제, 사회문제 고발, 공감대 유도 활동을 함께 펼치니 사랑을 받게 되나 보다. 나는 그 가운데서 「부서진 기억들」, 「새도 월드」, 「베트남 잊기」가 보여 준 고발과 공감을 이끌어 내는 예술의 힘을 눈여겨봤다. 메모하느라 영화의 감칠맛은 다 놓치고 말았지만 학생들에게 들려줄 이야깃감은 많이 긁어모았다. 해마다 1천 명씩 죽어나가는 전쟁이 10건 이상 터지고 있는데, 거기에는 배후가 있다는 등골 섬뜩한 이야기가 결론이었다.

오랫동안 이어지던 전쟁이 삶을 피폐하게 옭아매던 1960년대 말, 비틀스 리더 존 레넌과 그의 아내 오노 요코가 퍼포먼스를 벌인 사진 한 장이 있다. 매우 강렬해서 수업에 자주 소개하곤 한다. 침대 위에서 하얀 잠옷 차림으로 평화를 위한 침대 시위(Bed-in for peace)를 펼치는 사진이다. 꿀이 줄줄 흐를 행복한 신혼여행 중 전쟁이 터진 절박한 생사의 긴장감을 보여 주고, 안락한 침대에 누워서 처절한 전쟁터를 느끼게 한다. 조명이 화려한 무대나 전시장이 아닌 생활공간에서, 마이크가 아닌 하얀 종이꽃을 들고 앉아, 지긋지긋한 전쟁은 끝내야 한다는 메시지를 보여 줬다. 가수 남편과 개념 화가 아내가 합작한 '무언의 비주얼'이 극렬하게 표출된 융합 퍼포먼스였다. 예술은 평화로운 일상 공간에서도 저 건너편의 비참함을 이처럼 강조하며 기억시키는 힘이 있다.

다양하게 표현되면서 예술은 문화 간 이해를 높인다. 또 다른 쪽과 연계되면서 사회적인 에너지를 만들어 낸다. 문화예술이 '밝고 맑은 사회', '사람이 사람답게 사는 세상'을 일궈 낸 이 같은 경험들은 많이 있다.

평화와 안락이라고 하는 것은 누구나, 언제, 어디서나 보장받아야 마땅한 기본 가치다. 각자의 활동에 이를 묶어 함께하면 세상이 편해질 것이다.

문화예술 단체들은 높은 수준에서의 문화적 다양성, 관용, 협력, 연대, 대화와 타협에 대한 존중을 외면하지 않고 협력할 것이다. 마땅하지만 실현하기 어려운 평화라고 하는 짐은 문화예술에게도 과제다. 세월호 사건으로 세상이 절망에 빠져 있을 때 희생자 가족들이 모여 있던 학교 강당에도 바이올린을 든 분이 나타나 연주하고 조용히 사라진 적이 있었다.

5. 시로 일어나 예로 서다

오래전에 문화기관 책임자로 있을 때 많은 사람들에게 우리 업무를 쉽게 이해시키고 공감대를 불러일으켜야겠다고 생각해서 정기 간행물을 만든 적이 있다. 나도 글을 쓰고 싶었지만 다른 전문가들을 찾아 기회를 주고, 대신 나는 맨 뒤쪽 속표지에 고전을 인용하여 간단히 기관을 홍보하는 형식으로 끼어들었다.

맨 처음 글은 우리나라 문화예술 역사에서 르네상스라고 불리던 시기, 정조의 독창적이고 정체성 있는 문화에 대한 생각을 찾아서 정리해 보았다.

학(學)이 정도(正道)에 무익하다면 무학(無學)만 못하고
문(文)이 실용(實用)에 합당하지 않다면 안하느니만 못하다
(『홍재전서』 163권 90책 「일득록」 문학 3, 16쪽)

후세의 유자(儒者)가 심성을 능숙하게 말하는 사람은 있어도
실지사공(實地事功)에 이르러서는 아득해 무엇인지 모르니
이는 실로 무용지학(無用之學)이다

(『홍재전서』 164권 91책 「일득록」 문학 4, 14쪽)

제왕가(帝王家)가 되어 어찌 문장을 할까 보냐.

실공(實功) 실덕(實德)에 힘쓸 뿐이다

(『홍재전서』 162권 90책 「일득록」 문학 2, 39쪽)

　정조대왕은 이처럼 실심실학(實心實學), 실용 학문, 실공(實功)을 강조했다. 당대의 학문이나 교육은 바로 오늘날의 문화에 해당한다고 볼 수 있다. 그러므로 정조대왕의 이 사상들은 진경문화(眞景文化)라고 부르는 문화예술 흐름을 이끌어 내는 밑받침이 됐다.

　그런 배경에서 당시 예술은 정체성과 개성이 물씬 풍기는 독창적인 예술 세계를 펼쳤다. 산수화, 풍속화, 시문학 등이 서로 어우러지며 조선 전통예술의 전형을 이뤄 우리 역사에서 세종 이후 두 번째 르네상스를 꽃피웠던 것이다.

　세월은 또 거침없이 흘러가는 사이에 문화 개념은 또 바뀐다. 근현대에 들어와 김구 선생의 『백범일지』에서 강조하는 문화는 문명이나 교육과 가깝게 쓰이며 강조되고 있다. '문화의 힘(power of culture)'이라는 말은 지금 유네스코에서 즐겨 쓰는 말이다. 여기서 문화는 교육과 비슷한 뜻을 포함하고 있다.

　오직 한없이 가지고 싶은 것은 높은 문화의 힘이다. 문화의 힘은 우리 자신을 행복하게 하고 나아가서 남에게 행복을 주겠기 때문이다. 인류가 현재에 불행한 근본 이유는 인의가 부족하고, 자비가 부족하고, 사랑이 부족한 때문이다. 인류의 이 정신을 배양하는 것은 오직 문화뿐이다. 나는 우리나라가 남의 것을 모방하는 나라가 되지 말고, 이러한 높고 새로운 문화의 근원이 되고 목표가 되고, 모범이 되기를 원한다. 그래서 진정한 세계의 평화가 우리나라에서, 우리나라로 말미암아서 세계에 실현되기를 원한다.

세종대왕 이후 300년 만에 제 모습으로 꽃 핀 정조시대의 두 번째 르네상스. 그 이후 또 300년을 맞아 이제 한류라는 이름으로 세계로 뻗어나가는 우리 문화예술. 우리 역사에서 3번째 맞는 우리 문화의 르네상스 시대인 것이다. 선현들이 강조했던 진경문화, 그리고 생활 속 문화의 힘. 그 꽃씨를 어떻게 퍼트릴 것인가.

그때 찾은 공자의 예술관은 오늘날 '인간성 회복'의 예술을 이야기하고 있다.

시는 감흥을 일으키며 인정을 관찰케 하며 사람과 어울리게 하며 비정(非情)을 원망할 줄 알게 한다
(『논어』 17편 「양화」 제9장)
시로써 일어나서 예로써 서며 음악으로 완성한다
(『논어』 8편 「태백」 제8장)

공자님은 예술의 아름다움이 이처럼 극진함을 일찍이 생각 못 했다고 감탄했다(述而 13). 궁중연회 음악인 소악(韶樂)을 듣고 배우는 석 달 동안은 고기 맛조차 잊을 정도였다고 한다. 예나 지금이나 예술은 이처럼

인간의 감성을 완성시키는 디딤돌로 이해되는 활동이다.

예술세계는 참으로 스펙트럼이 넓고, 겉넓이가 다양해서 어떻게 가닥을 잡기가 쉽지 않다. 그러나 시간의 간격을 뛰어넘어 모두 공감하는 그 무엇이 있어 한 줄기로 이어진다. 오늘날 한류는 한국적 정체성이라고 꼬집어 말할 것이 없다는 '비난 아닌 비난'을 받고 있다. 그 논거가 맞는지 모르지만, 사실 따지고 보면 모두 다 각자 일어나서 줄 곳 이어 내려와 지금 우뚝 서서 맺어진, 진정으로 한국적인 것들이라고 생각된다.

6. 지푸라기와 메추라기

지푸라기와 메추라기는 티끌만큼도 근본이 같을 수가 없는 것인데, 생각의 첫발을 내딛는 지점은 비슷하다. 우리네 여러 군상들 가운데는 지푸라기 과가 있는가 하면 메추라기 과 부류가 있다. 우연히 '라기'라는 꽁무니를 달고 생긴 이 말들은 사는 꼬락서니조차도 비슷하다.

어릴 적에 장마철이 끝나면 사람들은 강변에 몰려가 불어난 물 구경을 하곤 했다. 구경거리가 없던 시절에 불구경, 물 구경, 싸움 구경이야말로 돈 안 들이고 보는 버라이어티 이벤트였다.

그때 강변의 누런 황톳물 소용돌이 속에는 온통 지푸라기가 떠다니고 있었다. 요즘은 스티로폼으로 바뀌었지만. 물이 뒤집히면서 흘러가다 보면 가벼운 것이 맨 먼저 떠오른다. 천재지변이나 사변이 생겨 세상이 뒤집어져 새로 바뀌면 지푸라기 같은 가벼운 인간들이 세상을 휘젓고 설치며 다니는 것과 꼭 같다. 우리나라는 지푸라기들이 제 밥그릇을 챙기기에 혈안이 된 탓에 모두가 어려워진 슬픈 역사가 적지 않았다.

그들은 흔히 말한다. 세상이 어수선한데 무슨 정의며 덕성까지 갖추느냐고. 물 들어왔을 때 배 띄워 한몫 못 잡으면 종 치는 것이라고. 오랜 역사에 걸쳐 과도기 때면 으레 지푸라기들이 완장 차고 나타나 혼탁해진 세상을 더욱 어지럽히곤 했다. 그들은 탄 배마저 팔아먹었고 종착역은 감옥이었다.

그 틈새에서 선량한 사람들만 이리저리 뒤틀린 삶의 귀퉁이를 붙잡고 버티다가 마침내 소용돌이 속으로 떠밀려 가곤 했다. 장마 때 소용돌이에 휩쓸려 가면 빠져나오기가 쉽지 않다.

들판에서 뭔가에 쫓기는 메추라기는 이리저리 고개를 처박으며 내달린다. 이 무슨 이상한 짓인가. 잡힐까 봐 다급해진 메추라기가 우선 제 눈에 뵈는 게 두려워서 눈을 스스로 가리는 짓거리라고 한다.

제 시야를 스스로 감춰야 우선 안심이라도 되는 꼴이다. 자기가 자기를 가리면 세상이 가려진다고 생각하는 메추라기들. 고개를 처박고 이리 몰리고 저리 몰리는 메추라기 같은 인생도 우리 주변에서 흔히 볼 수 있다.

지푸라기나 메추라기 인간들, 잔머리 굴리기에만 급급한 존재들이 늘어나 안타깝다. 제 눈을 스스로 가리기에 급급한 인간들에게 무슨 해결책이 보이기나 하겠는가. 진지하게 그려 보는 무슨 미래가 있겠는가. 전환기는 언제 어디서나 생겨나고, 그 틈새에서 지푸라기나 메추라기들이 제 몫도 아닌 것을 제 몫이라고 챙기려 드는 일이 반복되고 있다.

세상은 점점 더 올록볼록해지고 울퉁불퉁해지고 있다. 이 굴곡의 틈새에서 메추라기처럼 제 눈만 가리며 세상에 떠오르는 지푸라기 군상들을 눈여겨봐주는 데 게으르면 안 되겠다. 시간이 우리를 진화시키지 못하나 보다.

7. 도도새와 솔개

집에서 키우던 '문조'는 새장 속에서 모이나 먹는 그냥 새가 아니었다. 식구들 어깨, 손바닥, 컴퓨터 자판 위, 아내 화장대를 거침없이 날아다니며 애교를 부리는 손 노리개였다. 우리에게 사랑을 받으며 제 수명의 두 배나 더 살더니 우리 곁을 떠났다. 한동안 허전했다. 그 허전한 마음을 대신 채워준 것은 책장에 놓여 있는 목각 인형 새였다. 이 목각은 모리셔스섬 여행을 다녀온 분이 선물로 준 도도새 인형이다. 슬픈 도도새의 운명은 지금 전설로만 남아 있다.

아프리카 동남쪽의 모리셔스섬. 네덜란드 모리스 왕자의 이름을 따 만든 천혜의 관광지이다. 산호로 둘러싸인 제주도 크기의 이 화산섬은 인도양의 보석이라 불린다. 꼭 가봐야 할 섬 4위로 「뉴욕타임스」가 선정한 적이 있는 곳이다. 그런데 이 섬에는 슬픈 도도새 이야기가 있다.

도도새는 20kg이나 되는 못생긴 새다. 어물전 망신을 시키는 꼴뚜기처럼 새 망신을 시키는 그런 모습이다. 날렵하지도 않고 날지도 못한다. 섬에는 태풍은 물론 야생동물조차 없어서 아무 방해 없이 자랐기 때문에 날개는 있지만 하늘을 날 필요가 없고 능력도 상실했단다. 사람을 보고도 달아나기는커녕 오히려 가까이 다가오는 천진난만한 새였다. 그래서 포르투갈인들이 '바보'라는 뜻의 도도라는 이름을 지어 줬다고 한다.

이 섬에 착륙한 사람들은 닭 잡아먹듯이 도도새를 때려 잡아먹거나, 못생겼다고 쏴 없애 버리기도 했다. 칠면조 두 배나 되는데도 다리는 짧아 제 몸 하나 지탱하기 어려우니 당할 수밖에… 사람들이 데려온 돼지들에게 알이나 새끼마저 빼앗기고 마는 슬픈 운명이었다. 땅바닥에 둥지 틀고 살며, 나무에서 떨어진 과일이나 먹고 편하게 살던 도도새들은 점차 개체 수가 줄어들었다. 결국 사람들이 발을 들여놓은 지 100년 만에 그 많던 도도새는 모리셔스섬에서 완전히 사라지고 말았다.

그런데 더 흥미로운 일이 생겼다. 도도새가 사라지자 그 섬에 많던 카바리아 나무도 사라지게 되었다. 도도새는 카바리아 나무 열매를 먹고, 도도새 소화기관을 거친 씨앗이 발아가 되어 카바리아 나무 싹이 트는 공생관계였던 것이다. 이 섬 안에서 평화롭게 이뤄지던 공존·공생·공진화의 틀이 깨진 것이다.

두 종이 동시에 지구상에서 사라지게 되는 운명을 우리는 어떻게 받아들일 것인가. 우리네 삶에 견주어 은유적으로 풀어볼 수 있다. 도도새가 사람을 두려워하지 않은 이유는 섬 안에 천적이 없었기 때문이다. 천적으로부터 자신을 방어하기 위한 창조적 활동이나 긴장도 자연히 필요 없었다.

험악한 환경에 도전하면서 면역력이 생기는 생태 원리조차 적용되지 않았다. 온실 속에서 먹고 자란 결과 현실에 안주하고 편하게만 살아가려는 습관이 붙어버린 것이다. 창조적 진화는커녕 현실 지탱도 어렵게 되었다. 강한 힘과 창조력이 생기지 못해 소멸되는 운명이야 인간들에게는 흔하고 흔한 이야기이지만….

모리셔스섬에 사는 도도새는 10cm도 못 날아가는 새였지만, 천장을 뚫고 날아다닐 뻔했던 도도새가 있다. 대통령 후보로 사람들의 주목을 끌었던 힐러리, 그의 어릴 적 별명이 도도새였다. 아마도 공주과 소녀였나 보다.

힐러리는 어머니로부터 그런 성격에 대하여 꾸지람을 듣고 반성하여 성격을 점점 바꾸려 많이 노력했다고 한다. 그리고 목표를 백악관에 두고 개척해서 남편을 대통령으로 만들고, 자신도 원하는 바를 잘 달성하고 있다. 만일 힐러리가 어릴 적 게으른 습관대로 살거나 편하게 지냈다면 훨훨 날아 '하늘의 맛'을 보지도 못하는 불행한 도도새가 되지 않았을 거라고 아무도 보장할 수 없다. 그녀는 손 노리개 문조처럼 부지런히 사랑을 불러들였던 것이다. 녹두꽃이 떨어진다고 욕먹을지라도 부지런히 청포 밭을 넘나드는 파랑새였기 때문이다.

천하무적 하늘의 제왕 솔개는 70년을 산다고 알려져 있다. 그런데 솔개는 절반쯤 살고 나서는 스스로 중대한 결정을 내려야 한다. 40여 년을 사니 날개는 무거워지고 부리는 무뎌져서 더 이상 맹수로 살기가 어려워지기 때문이다. 그래서 그냥 그렇게 살다 죽을지, 아니면 변화를 거쳐 새 삶을 살 것인지 결정해야 한다. 그런데 솔개가 새 삶을 살기 위해서는 피나는 자기 혁신이 필요하단다. 그래서 자기혁신으로 나머지 삶을 제대로 살기로 결심한 솔개라면 처절하게 혁신을 한단다. 먼저 구부러지고 뭉툭해진 부리로 바위를 사정없이 쪼아 대는데 그러면 부리가 빠져 버린다. 시간이 지나면 새 부리가 나고 그 부리가 단단해지면 이제는 그 부리로 자기 발톱을 쪼아 발톱이 빠지게 한다. 발톱이 새로 나고 단단해지면 이번에는 그 발톱으로 날개깃을 솎아 낸다. 새 날개깃이 나와서 가

벼워지고 잘 날 수 있으면 솔개는 새 삶을 살 수 있는 준비가 완성되는 것이다. 이렇게 새로워진 솔개는 나머지 삶을 활기차게 지내며 우아하게 말년을 맞는다. 이렇게 끊임없이 새로운 것으로 바꿔 가는 고통과 지혜를 솔개가 실천하여 그 뒤에 이어지는 삶이 새롭게 되는 것이다. 도도새처럼 현실에 안주하면 그 결과는 비극으로 이어지는 것이 당연하지만 말이다.

물론 솔개의 이야기는 좀 가공된 냄새가 나기는 하지만, 도도새와 대비해서 좋은 교육 소재가 된다. 나는 이 이야기를 4차 산업혁명 시대에 어떻게 우리 사회가 준비해야 하는가에 대해 쓴 책의 서문 끝에 간단히 비유해서 썼다. 새로운 롤, 룰, 툴을 갖춰 디자인하지 않은 채 그동안의 방식을 그대로 사용하여 우리 사회가 함께 공진화되지 않을 것을 우려한 취지였다.

시간에 대한 대응만 문제가 아니다. 인간이나 지역, 조직, 기업, 단체들도 본능을 따르기만 하거나 우선 편하다고 안주하면 도도새 꼴이 된다. 지원만을 바라거나, 외부환경에 벽을 세우거나, 적당주의에 길들여진 조직 구성원이 없는지 우리 서로 챙겨 봐야 한다.

그리고 세상을 다시 만들겠다고 남들 앞에 나서는 이들은 자신을 먼저 새롭게 만들고 나서야 한다. 자신이 어디에 놓여 있는지, 무엇을 할 수 있는지, 어떻게 해야 하는지를 준비하지 않은 채 앞서는 '철새 인간'들을 보면 도도새가 떠오른다. 잘못되면 도도새가 먼저 없어지겠지만, 이에 그치지 않고 카바리아나무도, 나중에는 우리 사회도 통째로 사라질 테니까 말이다.

8. 몸 밖에 둔 나, 인공지능

정년은 끝나는 것이 아니라 한번 털고 정리하는 정년(整年)이라고 스스로 규정했다. 그러면서 내 인생의 자서전을 중간 보고서처럼 하나 쓰고, 뜻깊은 저서를 또 하나 내고 싶었다. 기존의 글들을 모아서 저서를 낼까 잠시 생각했는데 생산적이지 못해 바로 접었다.

무언가를 주제로 새로 쓰기로 작심하고 주제를 생각하던 중 4차 산업혁명에 도전하기로 했다. 사실 그동안 산업 측면에서 논의가 많았던 데 비해 문화예술 쪽 논의는 없었기 때문이기도 했다. 마침 4차 산업혁명 이야기가 나올 때부터 관심을 갖고 있었던 터라 곧바로 착수해서 그 뜨거웠던 여름과 씨름하며 『4차 산업혁명과 소셜디자인 문화전략』이라는 책을 냈다.

얼마 전에 대형서점에 들러 일을 보고 난 뒤 이 책이 궁금해서 찾아보기로 했다. 그런데 이 책이 미술 디자인 분야에 꽂혀 있어 놀랐다. 제목이 잘못된 것도 아닌데 제자리 잡기가 그렇게 어려울까. 여러 분야 학문에 걸쳐져 있기 때문이라고 스스로를 달랬지만 국내 최고 서점이라 이야기하면서 이런 어이없는 분류 서비스를 한다는 것에 맥이 빠졌었다. 지식 서비스에서 일하는 전문가조차 아직 어려워하는 이야기를 꺼냈구나 생각했다.

책을 쓰면서 생각했는데, 나는 체질적으로 비서를 두어야 할 조건을 완벽하게 갖추고 있다. 쉽게 말하면 산만하고, 체계적이지 못하다. 그 대신 조앙신은 나에게 집중력을 함께 묶어 보내 줘 고맙게도 그 능력으로 버티고 산다. 그럭저럭 인생의 산을 내려가는 나이에 들었는데 요즘에는 '가상 비서'가 상품으로 나왔다고 해서 귀가 번쩍 뜨였다.

인공지능과 로봇 기술을 결합해서 딱 비서로 쓰면 되겠다. 그러면 인공지능, 로봇, 나 셋이서 '한 맘 다른 몸'으로 살면서 못할 것이 없겠지. 그렇게 살려면 이 3총사가 제 일을 나누어 맡아야 하겠다.

먼저, 인공지능은 데이터들을 부지런히 축적하고 학습하여 로봇과 나에게 알맞게 정리해서 건네줄 것이다. 로봇은 인공지능이 내리는 지시를 행동으로 옮기고, 다양한 실질 데이터를 인공지능이나 나에게 되돌려 줄 것이다. 이렇게 되면 인공지능이 도출하고 지시한 것을 나와 로봇이 찰떡궁합이 되어 협조하며 처리한다. 또 상위 목표나 가설을 지속적으로 개발하여 시스템으로 주입시키면 이 3총사는 환상적으로 진화해 갈 것이다.

자, 이렇게 되면 그동안 이어 내려온 '연결과 관계'가 한층 더 발전되고, '무한 연결, 무한 확장'으로 퍼져 나갈 것이다.

원래 인간은 팔다리로 움직이고, 머리로 생각하며, 몸으로 실행하는 하나의 시스템이다. 4차 산업혁명 기술이 사회에서 쓰일 때 사물 인터넷(IoT) 빅데이터(Big data), 자율주행 자동차, 드론은 내 몸 밖에 있는 팔다리와 같다. 이를 가지고 무한대로 연결이 가능하다.

인공지능 기술은 우리 사회에 비유하면 머리통에 해당된다. 중요한 결정에 대해선 이제 인공지능이 객관적이고 가장 적합한 답을 찾아 주게 된다. 로봇기술, 가상 증강현실(ARVR)은 사회에서 마치 몸을 움직이듯 이 쓰인다. 인간 지능, 인공지능과 로봇이 환상적으로 융합되면 못할 일 이 없겠다.

사이버-피지컬-시스템이 환상적으로 연결되면 어떤 일들이 생길까. 생각건대 개체는 그 개체대로 진화하고, 서로의 관계성은 의미 있게 계 속 창출되며, 진화는 공진화 방식으로 이뤄질 것 아니겠는가.

이러한 공진화를 바탕으로 인공지능, 로봇, 나 3총사가 해야 할 각각 의 롤이 새롭게 바뀌게 된다. 각자 서로 학습을 계속하고, 보다 더 창조 적인 활동에 기여하며, 변화에 맞는 목적을 세워 사회가 진화를 이어가 도록 노력할 것이다. 아직은 인간이 좀 더 우위에서 롤을 만들어 갈 여지 가 있다는 점이 참으로 다행이다.

이에 따라 인간 사회의 룰은 또 어떻게 바뀔까. 보다 더 활력적인 행동 이 늘어나면서 그에 맞춰 의욕이나 기능이 크게 변할 것이다. 이동이나 운반에 드는 비용은 훨씬 줄어들게 되고, 사회적 만남이나 관계 창출의 기회는 더 늘어난다. 행동 계획을 위해서 필요한 예측은 보다 더 정밀해 지고, 사회 안에서 커질 대로 커진 활력을 바탕으로 해서 산업과 일거리 는 늘어나게 될 것으로 보아도 된다.

사회 시스템에서 각 주체들은 서로 입체적으로 연결해 간다. '나 – 너 – 우리'로 연결되는 과정에서 주체의 역할이 바뀐다. 나를 닦아, 너와 함 께, 우리를 빛내는 것은 예나 지금이나 당연하지만, 연결된 끝에서 만나 는 우리가 함께 빛나야 완성된다.

'삶터 – 일터 – 쉼터'로 맺어지는 개별 주체의 삶은 기쁨이나 보람을 넘어서 즐거움이 함께해야 큰 의미가 있다. '과거 – 현재 – 미래'로 이어지는 시간의 축은 과거에 대한 반동을 넘어 미래에 대한 낙관으로 이어져야 비로소 성과를 거두게 된다.

이 같은 연결의 끝인 '우리, 쉼터, 미래'를 '안심, 안락, 안전'하게 발전시킬 수 있을 때 4차 산업기술을 완성된 혁명으로 받아들일 수 있겠다.

사회문화에서 이러한 확장·연결 관계로 창발(創發)이 생기게 하고, 지속발전 공진화시키는 일이 정책이나 경영의 새로운 역할이다.

이러한 변화가 사회에서 제대로 기능하려면 많은 것을 미리 준비해야 한다.

먼저 새로 생겨난 툴을 정밀하게 해야 한다. 정보 취득이나 이용에 관련된 인간의 기술이 양적 질적 변화를 맞이하게 된다. 또 로봇 제작의 기술도 정밀해지고, 그에 따를 리스크 관리나 법 규칙은 새로운 수요에 맞춰 정확하게 뒷받침되어야 할 것이다. 각종 인프라의 재정비, 활동 공간의 재설계, 사업이나 일 운용체계의 재검토와 마련 등 많은 툴을 정비해야 한다. 그렇게 하지 않으면 오히려 부담이 가중된다.

이제 인간의 신체기능은 더 활발해지고 늘어나 편리해지며 안전하게 바뀐다. 인간은 이러한 신체뿐만 아니라 마음도 다양하게 바뀐다. 우선 커뮤니케이션이 활성화되면서 인지 기능은 더 발달된다. 신체 활력에 따라서 다른 것들과 융합이 자연스럽게 이뤄지면서 새로운 것을 찾아 나설 것이다.

공진화는 어떤 패턴으로 일어날지 모르지만 이 같은 롤, 룰, 툴의 변화를 동반하면서 완성도를 높이게 된다. 또 그래야만 지속발전 가능한 생태계를 구축하게 된다. 우리의 미래는 불안과 함께 오지만 안개꽃을 피우며 낙관적인 기대를 안겨 준다. 여럿이 함께 내가 되는 세상, 지금 우리 곁에 와 있다.

쓰나미처럼 밀려오는 이러한 4차 산업혁명에 대해서는 개인적으로뿐만 아니라 사회적으로 적응하도록 준비해야 한다.

인간 지능을 확장해 주는 인공지능 이야기가 단지 이야기에서 그치지 않고 현실이 되려면 인공-인간, 지능-지성이 환상적으로 결합을 해야 한다. 다시 말하면, 인공지능은 데이터를 통해서 인식을 확장하는 능력을 가질 것이고, 인간 지성은 가치 전복적인 아이디어를 만들어 내는 능력이 뛰어나기 때문이다.

컴퓨터에 모차르트 음악을 모두 입력하고 인공지능으로 모차르트 99번을 작곡하는 것은 이제 식은 죽 먹기다. 그러나, 쇤베르크와 모차르트를 모두 다 들려주고 둘 사이에 차이 나는 음악적 가치를 만들어 내기는 쉽지 않다. 그 차이를 좁혀 가는 과학이 필요하게 된 것이다.

그러다 보니 이제 해결보다 문제를 잘 정의하는 것이 더 중요하므로, 정확하게 정의하려면 언어능력이 중요할 것이다. 창의성과 뇌과학이 지금 각광을 받는 것은 우리의 미래가 여기에 달려 있고 교육의 내비게이션 노릇을 할 것으로 생각되기 때문이다.

결국은 적응 학습을 넘어서, 관계를 창조하고 관계를 경영하는 '아름다운 공진화'가 이 시대 새로운 정책 기조가 되어야 한다. 자, 이제는 사회 전반에 함께 시동을 걸고 생태계를 갖추는 데 온 힘을 모아야겠다.

9. 권력의 저주, 지식의 저주

역사는 갈등과 그 해결의 연속 드라마다. 날카롭게 두 편을 갈라놓고 긴장을 만들어 가는 상상 속 드라마를 현실이 따라가고 있어 안타깝다. 무더운 여름 끝자락에서 법무부 장관으로 갈아타려는 사람이 비지땀을 흘리고 있다. 이미 정치인이 되어 있는데도 교수라는 타이틀이 아직 더 잘 어울리는 안타까움은 사라졌다. 교수 시절에 10년간 미디어 정치를 했고, 권력 핵심에서 몇 년간을 활동했으니 당연히 정치인이다. 학자로 돌아갈지 모르지만, 안타깝게도 가고 싶어도 이제 받아줄 수도 없을 것 같다.

권력에 미련 없다고 반복하지만, 개혁이라는 단어를 방패로 삼아 더 큰 권력을 쥐려고 혈전 한 판을 벌이고 있다고 믿는 사람들이 많다. 곧 드러날 진실을 거짓으로 덮고, 어떤 것은 구구절절 변명하고, 어떤 것은 모른다고 속인다. 착실하게 세금 내면서 조용히 국민 노릇 하기조차 쉽지 않구나.

시대는 다르지만, 지식의 저주에 이은 권력의 저주를 기록에서 분명하게 보게 된다. 면면히 흘러내려 온 역사에서 가장 반문명적인 사건은 진시황의 분서갱유(焚書坑儒)가 아닐까 생각된다. 이 광란의 앞뒤를 보면서 권력과 지식의 저주가 어디까지 갈 것인가를 미뤄 생각해 본다.

반문명적인 일은 개인의 헛욕심에서 시작되기 마련인가. 자기에게 어울리지 않는 권력을 탐하는 것이 출발점이다. 어두운 역사의 이 한 페이지도 진시황의 등 뒤에서 은밀히 꾀를 부린 이사(李斯)의 비정상적인 권력 집착에서 비롯되었다.

통일된 진나라의 진시황에게는 나날이 커져 가는 지방 권력을 잘 관리하는 것이 큰 현안이었다. 이 와중에 이방인이었던 이사가 걸림돌이 될 것으로 보여서 그를 축출하려고 했다. '언어의 마술사'였던 이사는 외지인인 자신만이 오히려 도움이 될 거라며 진시황을 설득했다. 그리고 권력을 얻는 데 성공했다. 얇은 두뇌와 바로 그 옆에 붙은 입으로 얻은 권력이다. 신선함이라는 장막이 선택의 눈을 가렸다.

권좌에 앉아 권력을 누리다 보니 그는 지식인인 순우월(淳于越)과 경쟁을 벌이게 되었다. 지식 경쟁에서는 아무래도 순우월에게 밀리게 되었다. 갈등이 시작되고 권력 경쟁을 위해 그는 경쟁자가 근거로 삼는 '지식'을 향해 저주를 퍼부었다. 새로운 프레임을 만들어 경쟁자의 활동 배경에 뒤집어 씌운 것이다.

지식을 기록해 둔 책은 모두 없애 버리고, 예로부터 내려온 도덕이나 정의를 주장하면 잡아들이고, 그를 바탕으로 현실 정치에 비판적인 집단은 매도했다. 역사가 기록하는 분서갱유라는 것이 생겨난 배경이 이렇다. '책 태워 없애기 이벤트'를 해결책이라고 내놓은 그가 한심하게 보이지만, 권력에 눈이 멀어 버린 잔머리 도사의 전략 리스트에는 무엇인들 못 들어가겠는가.

이어지는 것은 당연히 지식의 저주. 그렇지 않아도 지식인은 다른 사람들을 무시하고 이끌고 가려는 강박관념에 사로잡혀 있다. 이 병폐를 지식의 저주(Curse of Knowledge)라 한다. 저주는 또 다른 저주를 낳는 법. 점점 추해지기 마련이다.

결국, 권력의 저주이건 지식의 저주이건 한풀이로 쓰이면 길은 삐뚤어지고 선량한 사람을 희생시키게 된다. 여기에서도 희생된 것은 '콩잎이나 뜯어먹고 사는' 선량한 사람들이다. 한풀이는 시퍼렇게 활동하는 유생 460명을 생매장하는 갱유로 이어진다. 지식을 희롱하는 반문화적 인권유린, 그리고 그것을 넘어선 광란이다.

온갖 궂은일 하며 번 돈에서 일부를 세금으로 내고, 국가 경영 좀 잘 해 달라고 월급까지 듬뿍 주는 국민들을 희생시키는 일이다. 권력 싸움이 불가피했다면 올바른 길을 벗어나지 않는 적당한 방법과 수준에서 스스로 선을 그어야 한다. 지나치게 탐하다 제 꾀에 걸려 넘어지거나, 권력투쟁에 밀려 처참해진 꼴은 어제도 오늘도 그리고 내일도 역사라는 이름으로 많이 기록되어 넘치고 넘친다.

지식인의 삶에서 '지혜로운 생각 다듬기'로 지자요수(知者樂水) 인자요산(仁者樂山)이라는 말을 쓴다. 이 말을 풀어쓰는 데 오해가 있다. 지혜로운 선비가 강을 좋아하고, 어진 선비가 아름다운 산을 좋아한다는 뜻이 아니다. 물처럼 유동적인 지자의 지혜, 산처럼 중후하고 확고한 인자의 지혜를 가져야 한다는 가르침이다. 때로는 유동적이고 때로는 확고해야 한다는 것이다.

지식인이건 아니건 이처럼 좋은 점을 양수겸장으로 고루 갖추기는 쉽지 않겠다. 권력이건 지식이건 가지면 쓰고 싶어진다. 집착하면 삐뚤어진다. 그리고 남이 놀던 데 풀썩 발 디디면 그 바닥 흐름을 거슬러 이겨

내기가 쉽지 않다. 더구나 좁은 범위에서 일가를 이루고 보람을 찾는 지식인들이 광야에서 홀로 투쟁하며 살아온 정치인들과 붙어서 생존 경쟁을 벌이면 버티기가 쉬울까.

이런저런 권력 투쟁에서 밀어붙이고 때로는 잡아당기면서 구차하게 권력의 끈을 놓지 않으려던 이사도 결국은 처참한 죽음을 맞게 된다. 온갖 감언이설을 늘어놓고, 비굴하게 살아 빠져나가려고 했건만 피할 수 없는 운명의 강을 맞닥뜨리고 만다. 처형 현장에 끌려가면서 그는 아들에게 어처구니없는 말을 남긴다.

"아들아, 이제는 누렁이를 데리고 너랑 같이 토끼 사냥을 갈 수 없어 안타깝구나."

누렁이가 뒹굴며 하늘을 향해 웃을 일이다. 아들이 보는 앞에서 그의 얼굴에는 험악한 문신이 새겨졌다. 코, 발가락, 머리, 허리의 순서로 잘리면서 그는 그렇게 죽어갔다. 비참한 끝이다. 그리고 또 이 비슷한 일들은 지금도 어디선가 음모로 시작되고 있다. 시간이 지나면서 밝혀지고 또 반복된다.

거짓의 장막 뒤에서 일어나는 칙칙한 것들을 걷어내는 일은 '시간의 신'이 도와줘야 한다. 아그놀로 브론치노(Agnolo Bronzino)의 「비너스, 큐피드, 어리석음과 시간」이라는 그림을 소재로 해서 글을 쓴 적이 있다. 학생들이 한 학기 수업에서 발표한 자료를 모아 엮어 낸 책에 격려의 말로 쓴 것이다. 뇌 속에 근육이 생겼을지도 모를 한 학기 동안의 몸부림과 맘부림을 칭찬하면서, 우리 수업은 진리를 찾아내는 '시간의 신' 역할이었다고 풀었다. '지식의 신'은 모래 시계를 메고 날개를 지닌 채 무서운 낫을 상징으로 들고 있다. 그는 눈을 부라리고 우람한 팔뚝 근육으로 장막을 걷어 내려고 용쓰는 모습이다.

　진실은 장막 뒤에 숨겨져 있고, 쉽사리 드러내지 않으므로 땀 흘리는 자만이 그 모습을 볼 수 있다. 이 그림에서 진리의 신은 뒤통수 머리가 없는 대신 오른쪽 뇌와 머리를 확실히 보여준다. 진리가 오른쪽에만 있다나… 어쨌든 이 그림에서 '진리의 신'은 장막 뒤에 숨어 있고, 이 장막을 걷어내는 '시간의 신'은 코미디 프로그램에 등장하는 징맨처럼 우락부락한 팔뚝 근육을 오랫동안 보여 준다.

　한 학기 수업을 마친 학생들처럼, 진실의 장막 앞에서 관객으로서 우리 사회는 지금 진리를 밝히는 '시간의 신'을 기다린다. 진리를 밝히기 위해 애쓰면서 뇌에 근육이 생겼다면 그것은 훈장이다. 분노의 감정이 함께했다면 그것은 미래를 향한 날개가 될 것이다. 각자 긴 장대를 메고 진실을 가린 장막을 거둬야 하는 시간이 다가온다.

　지식인이나 권력자가 아닌 우리 곽식자들에게도 언제나 어디서나 터질 수 있는 진실 게임들이 즐비하다. 권력이 진실과 지식의 흐름을 막지 않도록 장막을 걷어야 할 것이다. 권력의 저주가 질주로 이어지지 못하도록 눈을 부라리고 팔 근육을 키워 대비해야 한다.

　잔머리로 지식을 잘못 놀리면 권력과 돈이 함께한다. 권력과 돈이 겹사돈을 맺자고 한다. 맑고 밝은 세상을 보려면 이 두 가지가 어깨동무를 하고 못된 길로 내달리지 않도록 곁에서 서로를 지켜봐야 한다. 서로 짜고 안으며 벌이는 작당이 아니라, 바로잡아 격려하고 도움을 주는 것이다. 자연스러운 흐름으로 새 문명사회가 진화되도록 역사에서 배워야 하겠다.

　얼마 전 지구에서의 시간 여행을 마친 스티븐 호킹은 그의 마지막 저서 『호킹의 빅 퀘스천에 대한 간결한 대답』에서 남아 있는 우리들에게 희망적인 메시지를 남겼다.

"인간은 본래 동굴 속에서 살던 때의 본능인 공격적인 충동을 벗어나기는 힘들다. 그렇지만 좀 더 지적이고 올바른 성정을 갖는 인간이 되기 위해 '자체 설계 진화'라고 부르는 새로운 진화 단계에 접어들었다. … 21세기가 끝나기 전에 인간들은 지능과 공격성과 같은 본능을 수정하는 방법을 발견할 수 있을 것이다."

나는 호킹의 이 대목과 그 전후 맥락을 세 번쯤 반복해서 읽었다. 그런데 스티븐 호킹은 여기서 끝맺음을 하지 않는다. 또 하나의 생각을 보태고 있다. "인간을 대상으로 하는 유전 공학에 반대하는 '법률'이 통과될 수도 있다"라는 것이다.

법무장관 임명으로 한차례 시끄러웠던 우리들에게 호킹마저 또 다른 법률 과제를 주고 갔다. 정치 따위의 문제로 힘 뺄 때가 아니다. 지식정보 사회나 4차 산업기술혁명 사회를 두렵게 맞이해야 하는 이유라도 제대로 알고 가야 할 때이기에 더욱 안타깝다. 시간의 가격을 그 누가 아는가.

10. 순화順化와 순화醇化

외세가 판치고 전쟁이 우리네 삶을 초토화했을 때, 그리고 그 뒤 상당기간 우리들 이름에 순(順) 자를 많이 썼다. 순자라는 이름이 하도 많아 큰 순자, 작은 순자, 예쁜 순자, 윗말 순자, 아랫말 순자라고 구분해 불러 교실에서 질서를 잡을 정도였다.

난세에서 자녀들이 순조롭게 자라기를 기원하는 부모들의 마음이 이름에 새겨진 것이다. 그 뒤 농경 시절에도 하늘의 뜻에 따르는 순리, 순서, 순응이야말로 사회생활 규범의 으뜸이었고, 그것이 삶에 반영되도록 이름에 많이 새겼었다. 사회 윤리와 가정 윤리에 순종하고, 사회 흐름에 순응하고, 순조로운 삶으로 파뿌리를 맞이하는 것이 행복이었던 시절의 이야기다.

그런데 이제 세상이 바뀌어 새로운 기술이 소용돌이친다. 그러니 이런 '절대 복종'이란 파란만장한 세태의 가치관은 자꾸 충돌을 일으킬 수밖에 없다. 순(順)은 비독창적이고, 경쟁력 약화를 가져와 시대가치를 창조하지 못하게 되어 뒤로 밀려나기에 이르렀다. 다르게 생각하고, 다른 방법을 찾고, 과거에 대한 반동으로 미래를 향해 나아가려면 무조건 따르는 것은 오히려 독이 될 것이기 때문이다.

이제 4차 산업혁명의 시대로, 세상은 인간의 '몸과 맘'을 외부화한다. 쉽게 말해 인간 지능은 인공지능으로, 팔다리는 로봇으로, 몸은 무인 자동차나 드론으로 부족함을 채운다. 몸과 두뇌가 따라야 되던 일은 이제 기술이 커버하고도 남는다. 인간이 할 일은 그저 기술을 이해하고, 필요에 따라 적절히 활용하는 방법만 결정하면 된다.

그러다 보니 이제는 순화(順化)가 아니라 순화(醇化)가 더 중요해졌다. 순화(醇化)란 영어 acclimation으로 쓰면 '다양한 환경조건에서 성능을 유지할 수 있게 되는 것' 또는 순응이나 적응에 가까운 뜻이다. 일본어로는 '불순한 부분을 버리고 순수하게 하는 것'으로서 정화(淨化)의 뜻과 가깝다. 또는 진실과 인간을 합해서 일치시킬 때 쓴다. 교육과 관련해서는 '극진히 가르쳐서 감화시키는 것'으로도 쓴다.

다시 말하면 취사선택하는 것, 불순물을 제거하는 것, 극진히 가르쳐서 감화시키는 것을 뜻한다. 4차 산업혁명 기술들이 마구 벌이는 일에 맞춰 내고 소화시키는 것을 말한다. 규범과 규칙을 무조건 잘 따르는 것이 아니라 이처럼 제대로 순화하는 힘이 바로 경쟁력이 된다.

특히 무한 연결과 관계 창출이 가능한 환경으로 바뀌고 있다. 이런 조건에서는 기술이 성능을 제대로 발휘하도록 교육하는 것이 새 시대 교육 목표로 등장한다. 구체적으로 이야기되는 키워드는 기초기술, 역량, 인성에 대한 것이다. 적용된 기술을 잘 이해하는 것, 창의역량 높이기, 도전성 장려, 과학과 문화력을 자연스럽게 수용하고 활용하는 능력 등이 요구된다. 이러한 능력들을 모두 합해서 나는 '기술 순화력'이라고 부른다.

내가 몸담았던 추계예술대학의 교훈에는 놀랍게도 지성, 창조와 함께

이 순화(醇化)가 들어 있다. 여기에서 지성, 창조라는 말은 익숙하게 들던 예술가의 마음가짐이다. 그런데 순화는 무슨 뜻을 담고 교훈으로 선정했을까? 교훈으로 내세울 때 어떤 뜻을 더 크게 부각해야 할까? 당초에 이 말을 쓸 때는 '극진히 가르쳐서 감화'시키려는 설립자의 뜻이 담겨 있을 것이다. 지극히 교육적인 차원의 높은 뜻이다. 그런데 지금 4차 산업혁명 시대에 걸맞은 '교육혁명 지진'이 일어야 하는데 그 지향점은 바로 순화(順化)가 아닌 취사선택적인 순화(醇化)이다. 참으로 지혜로운 설립자의 정신적 지향점이 아닐 수 없다.

4차 산업혁명의 파도가 꽤 거칠게 다가오고 있다. 길게 잡아봐야 3~4년 남짓 전에 생겨났는데 이 정도라면, 우리 사회나 교육이 새로 준비해야 할 일이 꽤 많을 것으로 보인다. 개인들도 적응하느라 몸부림과 맘부림이 심하겠다. 멈칫거리는 새에 쓰나미로 변할 테니 서둘러야겠다.

4차 산업혁명의 주요 기술들이 마술처럼 세상을 놀라게 하는 이 즈음에 그 기술들에 대한 순화가 필요한 것은 당연하다. 막강한 기술들이 사회와 무리 없이 조화를 이루며 지속발전하려면 기술의 횡포 속에 떨면 안 된다. 4차 산업혁명에 관해 리더 노릇을 톡톡히 하고 있는 세계경제포럼에서는 4차 산업혁명사회 인간들에게 필요한 핵심 역량으로 기초기술, 역량, 인성을 들고 있다. 나는 여기에 기술 순화력이라는 것을 하나 더 보태고 싶다. 바로 학교 교훈으로 쓰는 순화가 경쟁력의 원천이라고 보는 것이다.

4차 산업혁명 기술의 이해, 적응, 활용에 대하여 충분히 사고하고, 현실 적합하게 활용하고, 창의적으로 문제를 해결하는 데에 필요한 역량을 학생들에게 길러 주어야 한다. 순화력이 4차 산업혁명 시대의 경쟁

력인 만큼 학교의 교훈에 있는 이 점을 크게 부각해 인재를 잘 길러낼 수 있도록 교과 과정을 개편하면 좋을 것이다.

'잇기'의 가치가 두드러지는 이 시대에 학교 교훈이 순화(醇化)라는 것을 보고 익히는 미래의 주인공들을 보는 기쁨이 크다. 새로운 미래가 기쁘다.

11. 인류人流와 문류文流

세상 모든 것은 흘러가면서 바뀐다. 사람들 사이 관계는 서로 만나 함께하면서 연결되어 관계를 만들고 함께 나누게 된다. 이를 인류(人流)라고 부르고 싶다. 문화는 물질과 달리 흐르면서 커지고 나누면서 더 커진다. 이러한 문화 흐름과 교류를 문류(文流)라고 말할 수 있다. 지금은 이같은 인적 교류와 문화교류로 더 많고 다양한 네트워크가 만들어지는 세상이다. 지식 네트워크도 그런 뜻으로 이해할 수 있다.

그런데 여기서 쓰는 '문류'라는 말은 내가 존경하는 어느 박사님께서 지으신 말이다. 오래전에 함께 식사할 때 국제문화교류 전문가답게 생각해내신 말인데, 많은 분들이 보는 앞에서 내가 정식으로 식사비를 내고 사들였다. 지금 여기저기서 쓰고 있긴 한데 창작자를 밝히고 보니 새삼 정겹다.

지식 네트워크라는 말이 생겨나기 전부터 이런 활동이 자연스럽게 일어난 예를 역사에서 보면 단연 추사 김정희가 돋보인다. 추사가 노년에 활동했던 과천에 그의 동상을 만들어 세우는 자리에 참석한 적이 있다. 여기 온 분들의 면면을 보면 활동 분야가 서로 다르다. 관심 갖게 된 계기조차 다른 사람들이 많이 모였었다.

지식네트워크는 정보통신이 발달하고, 글로벌 이동이 편해지면서 넓은 분야에서 더 많은 교류가 이어지는 현상을 뜻하는 말이다. 그러나 추사가 벌였던 활동은 당시의 환경을 감안하더라도 오늘날의 교류나 지식 네트워크 못지않을 정도였다.

추사와 관련된 네트워크는 동아시아 문화의 순환을 돕는 데 기여했다. 추사의 문류 활동은 당시의 중국과 조선을 이어 주었다. 한편, 추사와 관련한 지식 정보를 수집·보관하는 작업은 후지츠카를 중심으로 했던 인류와 현대 일본과도 연계되고 있다.

추사는 청나라 사람들과 교류하면서 그들의 서화와 전적을 조선에 소개했다. 한편, 조선의 서화 전적을 연경에 보내어 그곳 문인들의 갈증을 풀어 주기도 했다. 조선 역사상 가장 빈번하면서도 심도 있는 한중 회화 교류를 벌여나간 것이다.

이러한 흐름은 뒷날 박지원(1737~1805), 이덕무(1741~1793), 유득공(1749~1807), 박제가(1750~1805)에 이어져 자연스럽게 연암파를 구성하는 뿌리가 되었다. 당시 청나라 예술가였던 장도옥, 장문도, 오조 등이 주목할 만한 파트너였다. 이들의 네트워크는 서로 깊은 인연으로 이어지는 인적 네트워크의 디딤돌이었다고 한다.

세월이 한참 지난 뒤 후지츠카가 추사 관련 자료를 수집한 것은 지식 네트워크를 꽃피운 결정체로 다시 해석해야 한다. 그는 추사의 문집들과 기초자료를 수집하고 보완하여 해석하며 후세에 전달하는 데 힘을 쏟았다. 이로써 추사 당시의 교류 활동 못지않게 추사의 지식 정보 네트워크를 되새김하게 하는 데 기여했다.

현대적으로 해석하면, 문화공동체의 문화 순환 활동인 것이다. 인적 네트워크와 지식 자본이 통합된 것이다. 이런 점에서 우리는 추사를 네트워크 자본가로 이름 붙일 수 있겠다.

"추사 문하에는 3천의 선비가 있다."

이 말은 추사의 인류와 네트워크 규모나 성질을 잘 나타내는 말이다.

추사 주변의 인류는 무엇보다 네트워크 구성원이 다양하다. 그의 제자 가운데는 일반 사대부들뿐만 아니라 중인 계층도 포함되어 있었다. 신위, 오경석, 민태호, 민규호, 강위 등이 대표적인 인물이다. 추사의 인적 네트워크는 인력이 많은 데다가 그 부류가 무척이나 다양하여 통합 네트워크로 구축되었다는 점이 중요하다. 추사의 인적 네트워크에는 오늘날 서양 이론에서 리처드 플로리다가 창조 계층(creative class)이라고 말하는 음악가, 작가, 연기자, 감독, 화가, 조각가, 무용수 들이 포함되었다.

창조성을 이끌어 가는 중인 그룹과 교류하는 과정에서 문화 순환성이 활발해진 것이다. 요즘은 교양문화나 대중문화를 구분하지 않지만, 이를 구분하는 사람들은 당시 상류층 문화인들은 대중문화로부터 많은 '영감'을 구했으며, 그 결과로 나타난 예술성은 단순화된 형태로 민중에게 되돌아갔다고 말한다.

한마디로 문화교류에서의 '조화와 수렴'이라고 볼 수 있으며, 일종의 공존과 공생인 셈이다. 시간의 흐름으로 추사라고 하는 원곡에서 생겨난, 원곡보다 더 아름다운 '변주곡'들이다.

12. 행복보험, 소박이 삶

나는 만두를 좋아한다. 만두에서 만두피가 없어서는 안 된다지만 사실 만두피는 별다른 맛을 내지 않는다. 만두피보단 그 속에 들어가는 소 때문에 맛이 나 그것을 즐긴다. 송편에 들어가는 소도 껍질과는 다른 속맛을 보태 새 맛을 낸다. 소박이김치나 오이소박이(정확히는 소박이오이라고 해야 할 듯)도 소에서 나오는 맛의 강약 농담을 조절해서 마술을 부리는 것이다.

소가 내는 맛은 겉 맛에 곁들여 나기보다는 전혀 다른 맛을 포장하여 숨겨 두었다가 짠하고 깊은 속맛을 결정한다. 단지 맛을 내기 위하여 곁들였을 뿐인데, 한결 새로운 맛을 만들어 내고 먹기 부드럽게 해 준다. 주연보다 빛나는 조연처럼 보이지 않으면서도 맛깔스러운 재료로 쓰인다.

어디 음식뿐이겠는가. 우리네 팍팍한 삶에도 이런 소가 많으면 부드럽고 즐겁다. 인간은 열심히 일을 하지만 본능적으로는 놀기를 좋아하는 동물이다. 일을 하면서 창작하고, 놀면서 새로운 것을 찾아내는 재주가 있기에 동물과 다르다.

더 재미있는 놀잇감을 만들고, 놀이 규칙을 만드는 것도 인간이기에 가능하다. 어려서부터 놀잇감을 스스로 만들고, 놀이 규칙도 정해 긴 겨울 해가 꼴딱 넘어갈 때까지 고샅 무밭이며 미나리꽝을 뛰던 우리들이다. 세상이 많이 바뀐 요즘은 놀이 방법을 배우기 위해 학원같은 데를 돈을 내고 다닌다는데 어쩐지 아심찬하다. 삶의 소를 장만하기 위해 달리 힘쓸 여력이 없이 인생길을 내달려 온 우리 논두렁 친구들. 그들에게서 뜻밖에 삶의 소를 발견할 때 나는 내 일처럼 즐거운 카타르시스를 느낀다.

엊그제 만난 친구에게서 속이 꽉 찬 삶의 소를 보았다. 술자리가 파할 무렵 생뚱맞게 탁구 이야기가 나와 내친김에 우르르 탁구장으로 몰려갔다. 탱자나 밤톨 따위로 구슬치기를 대신하던 코흘리개적 놀이가 아니었다. 여느 시합에 나가도 손색없을 솜씨를 뽐내는 그가 부러웠고, 그에게 졌지만 내가 이긴 것처럼 즐거웠다. 그의 삶에 기름기가 좔좔 흘러내림을 엿볼 수 있었기 때문이다. 일 안 하고 놀기만 한 것 아니냐고 몰아치면서도 고소한 여유의 향기가 나는 그 삶이 그림처럼 보였다. 괜히 내 일처럼 고맙기까지 했다.

더 놀랄 일은 이어지는 자리에서 일어났다. 그 친구가 말하길 지금 장구를 배우고 있는데, 이것이 끝나면 내년에는 아무리 바빠도 트럼펫을 배워야겠단다. 그래서 하루하루 여유시간이 없을 정도라고 한다. 늦게 발견한 삶의 소를 소중하게 채워 넣고 있는 것이다. 그의 소박이 인생이 부러웠다.

여기에 이르러 나는 부러울 뿐만 아니라 그냥 부끄러웠다. 이런저런 핑계로 내 삶의 소박이를 장만하지 못하고 팍팍하다고 구박만 했던 것이 아려 왔다. 이십 년 이상 골프채를 장롱 위에 던져 두고 먼지 거푸집으로 내팽개쳐 놓았던 일, 시조를 배우려다 도망치듯 사라졌던 일, 호기

있게 구입한 비싼 카메라는 잠시 친구였을 뿐 외롭게 밀쳐 둔 일 들이 꾸역꾸역 되새김질되었다. 술기운에 샀던 서예 도구들, 추운 겨울에 호연지기를 키우겠다고 준비한 낚시 장비들, 클래식 음악에 빠져 보라는 친구 말에 혹해서 벼룩시장에서 무조건 사들이던 클래식 CD 등은 지금 집 안 어디에서 자고 있는지조차도 모른다. 헛헛한 시간을 달래려고 용을 쓰며 드럼을 치던 시간에도 내 자리가 아닌 것 같아 불안감이 늘 손목을 짓눌렀었다. 하나도 제대로 한 것이 없다.

학원 같은 데서 돈을 내고 배우는 세태도 나름대로 뜻은 있다고 본다. 자연에서 찾은 '놀이 소'는 그저 담백한 맛을 내겠지만, 요즘 놀이 소는 짜고 매운 맛이 강하다. 놀이 소에 돈이 많이 들고, 놀면서 생겨난 자극도 제법 세다. 겉피가 소를 잘 감싸주기 어려운 때도 있다.

세상이 어제 오늘 새에 획획 바뀌고, 머리 좀 식히자고 노는 데도 돈놀이가 끼어들어 놀이가 그저 노는 것이 아닌 세태가 되었다. 잠시 하던 일 멈추고 쉬는 휴식 놀이라기보다 전문 영역으로 바뀐 것이다. 엔터테인먼트산업 속에서 전문적인 놀이 형태가 생겨나고 프로놀이꾼이 생겨난 것이다. 직업으로서의 놀이꾼을 어떻게 볼 것인가. 잘못됐다기보다는 좀 아쉬운 부분이 있다.

일거리가 없어 배곯던 시절에 죽기 살기로 일할 거리가 생겨나는 시절을 지낸 사람들에겐 부드러운 삶을 생각하는 것조차 사치였다. 고도 성장기를 거치면서 모든 일에 경영이라는 말이 기획 전략이라는 말과 붙어 다니며 소소한 삶을 옥죄었다. 그리고 그런 습관에 익숙해진 사람들이 늘어났고, 사람들의 마음도 배려나 이해보다는 경쟁과 손익 판단이 일상화되었다. 각박하고 팍팍한 세태를 탓하지도 못하고 그렇게 모두

다 밀려가고 있다. 소로 태어나지 않고 인간으로 태어나 이러면 안 된다고 다짐하지만 곧 일 속에 묻혀 흘러가고 말았다.

이제 삶의 가운데 토막을 지나 끝자락으로 접어든 중년들에게 삶을 부드럽게 하고 향기 나게 할 놀이를 갖는 것이 새삼 중요해졌다. 육체적으로 온전하고 정신적으로 흐트러지지 않은 삶이어야 하기 때문이다. 그래서 '삶의 소'라고 할 수 있는 놀이와 여가를 장만해야 한다. 여기에 힘쓸 여력이 없이 인생길을 달려온 중년들이 늦게나마 '삶의 소'를 찾아 나서는 것을 주위에서 보게 된다. 이들을 볼 때 내 일처럼 즐거워 카타르시스를 느낀다. 작은 '행복을 찾는 보험'이라고 생각되기 때문이다.

길다면 길고 짧다면 짧은 인생길에서 자기를 귀하게 장식해 주는 '삶의 소'. 단지 흥청거리거나 시간을 낭비하는 것이 아니라 삶의 다른 복주머니다. 삶의 소를 장만하지 못한 직장인들은 퇴직만 하면 당장 낙원상가로 달려가 색소폰을 사 들고 나오리라 상상하며 하루하루를 담보로 잡고 버텨 낸다. 그에 비해 삶의 소를 장만하는 데 열 올리는 늦깎이들에게는 비아냥 대신 뜨거운 애정을 보내야겠다. 젊은이들에게 뭔가를 미리미리 준비하도록 일러주는 것도 삶의 향기를 일찍부터 재워 놓는 일이겠지만, 웬걸 모두 잘 놀고 있어 필요 없는 걱정이다.

이러한 소는 스스로의 삶을 존중하고 부드럽게 이어갈 뿐만 아니라 더불어 이웃들에게도 전달된다. 자신에게 즐거움을 주는 개인 행복에서 이웃으로 퍼져 나가 사회 행복으로 연결된다. 그래서 여유를 갖고 자신의 행복을 담보하는 놀이를 가지면, 적어도 이웃을 괴롭히는 망나니짓은 하지 않을 것으로 생각이 든다.

언젠가 절에서 본 연등에는 한결같이 행복을 기원하는 글이 새겨져 있었다. 이때 행복은 갑자기 찾아오는 행운이나 하늘에서 뚝 떨어지는 대박은 아닐 것이다. 자기가 쌓아 온 만큼에 비례하는 적정 행복일 것이다. 그것만이라도 안정적으로 순조롭게 누리기를 비는 그런 행복일 것이다.

그런데 그런 정도의 행복이라고 해도 천차만별이다. 행복을 저울질하는 데 그 어느 것보다도 개인차가 많다. 개인 행복을 위한 마음의 보험을 각자가 알아서 장만해야 한다면, 만두소와 오이소가 다르듯이 각자 인생에 걸맞은 소를 서로 궁합 맞춰 줘야겠다.

13. 모델 아내와 심봉사

아무 생각 없이 약속을 기다리는 찻집의 시간은 참 '느리분주'하구나. '느리분주'라는 말은 어느 날 내가 그냥 지어낸 것이다. 시간은 내가 남을 기다릴 때는 느려터지게 게으름을 피우고, 혹여 내가 시간에 늦어 헐레벌떡 달려갈라 치면 야속하게도 후다닥 흘러가는 것이기에.

어느 날 찻집에서 약속을 기다리며 우두커니 앉아 느려 터진 시계를 보는 데, 우연히 그 옆에 걸린 모딜리아니의 그림 한 폭이 확 다가왔다. 그 그림, 아직도 눈에 밟힌다. 목이 긴 여인네, 고개를 옆으로 돌린 채 힘 주지 않아 흘러내리는 눈빛이 참 고혹스럽더라. 너는 누구냐! 그 눈빛 아래서 나는 아주 노곤노곤했었다.

모딜리아니의 작품. 모델이었던 그의 아내가 그림에서 나와 내 귓가에 소곤거리듯이 들려 주는 사랑이야기가 아스라이 들려온다. 사람들은 모딜리아니와 그의 아내 사이에 내려오는 사랑이야기에 부질없이 뒷말을 덧붙여 속삭이더라. 슬프디 슬픈 이 사랑이야기는 어쩌면 진한 부부 사랑에 질투심, 그것도 증오에 가까운 질투심으로 덧칠해서 지어낸 것이 아닐까 싶다. 씹고 또 씹어야 맛이 날까 말까 한 가공식품인지도 모르겠다.

죽음을 앞둔 모딜리아니는 고생만 시킨 사랑하는 아내를 차마 눈앞에 두고 보기조차 힘들다. 미안해서 그저 편히 죽지도 못할 지경이다. 아내의 손을 잡은 모딜리아니가 힘겹게 말을 이어가며 마지막 부탁의 말을 남긴다.

"여보, 내가 죽고 없거들랑 홀로 외롭게 지내지는 마시오. 내 친구 아무개가 그래도 괜찮은 녀석이니 결혼해서 부디 잘 살기 바라오."

춘향이와 이도령이 이별할 때는 뼈가 녹아내리게 긴 사설을 늘어놓던데, 천사표 부부들의 이별은 어찌 이리 야속하고도 단출할까.

차마 죽어 가는 남편의 모습을 보기 힘들어서 아내는 친정집으로 가 버린다. 사랑이 차고 넘치던 예전 좋은 모습만 기억하려 애를 쓴다. 펄펄했던 사랑 위에 죽어 가는 모습이 겹쳐지는 것이 너무나도 힘들었을 것이다. 그러나 느리분주한 시간은 이때는 야속하게도 분주히 다가와 재촉한다. 모딜리아니의 죽음이 임박했다는 소식을 들은 천사표 아내는 혼비백산 병원으로 달려간다.

사랑하는 남편이 죽어 가는 모습에 남편의 손을 볼에 비벼대고 울먹이며 그녀는 마지막 말을 전한다.

"여보, 하늘나라에 가서도 나는 반드시 당신의 모델이 되어 줄게요."

지금은 이렇게 헤어지지만, 다시 만나면 그때는 모델로서 아니 사랑하는 예술가로서 더 크게 사랑하겠다는 뜻인가.

세상, 바로 '그녀의 세상'을 버리고 떠나가는 모딜리아니를 보며 뒷걸음질 쳐 방을 나온 그녀. 과연 어떻게 했을까? 숨넘어가는 모딜리아니에게 했던 약속과는 달리, 남편의 말에 순종해서 곧바로 친구와 결혼했다. 그러고는 아주 잘 살았더란다.

허망하구나, 어찌 이럴 수가 있을까. 아, 그 쇠심줄 같은 약조는 어찌

하고 금세 고무신을 거꾸로 신는단 말인가. 죽어서도 모델이 되어 준다더니, 아무리 유언을 지키느라 그랬다 하더라도 기다렸다는 듯이 곧바로 결혼을 하다니.

그런데 긴 목을 늘어트리고 있던 그림 속 그 모딜리아니 아내가 매몰찬 모습은 어디 두고 나에게로 지금 촐싹촐싹 다가온다. 그냥 대충 살 것이지, 다시 결혼해서 어쩌나 한번 두고 보자 하며 심란했던 나도 견디기가 힘이 들었다.

깜박 졸았다. 죽은 듯이 내가 졸았나 보다. 모딜리아니 아내의 이야기는 내 꿈속에서 만들어져 뒹굴던 '뻥'이다. 차 한 잔이 식기도 전에 다른 세상으로 넘어갔다 온 것이다. 기다리던 사람은 아직도 오지 않았다.

사실, 그의 아내는 남편이 죽은 다음 날 자기 집 2층에서 몸을 던져 남편 곁으로 갔다. 뱃속에서는 아이가 태어날 준비를 하고 있었고, 더구나 가톨릭 신자였던 그녀다. 마지막 선택은 사랑하는 이의 말조차 거절하는 형식이었던 것이다. 징검다리 인생, 피곤한 나에게는 달콤한 사랑이야기조차 꿈속에서 왜곡되고 말았다.

소리로 바위를 깨트렸다던 어느 명창의 CD를 차 안에서 그냥 오가며 듣는다. 가사를 가만히 들어 보면 힘들게 살던 심봉사는 희한한 생사관을 갖고 있었던 것 같다. 아마도 죽음을 초월했던 듯하다.

곽씨 부인이 산후 탈로 죽고 난 뒤 상을 치르고 집에 돌아온 날. 그는 차갑게 식은 방바닥에 주저앉아 어린 심청이를 던져 놓고는 썩 죽으라고 악담을 해 댄다. 얼마나 복이 없으면 그래 어미젖도 못 얻어먹겠냐며 너도 죽고 나도 죽자고 덤벼든다. 물론 다음 날 새벽 동이 트자마자 우물가에 찾아가서 동냥젖을 얻어 먹이고 신나서 배부른 딸을 데리고 어르며 놀지만 말이다. 가장 절망적인 상황에서의 죽음 생각.

이야기의 반전이 시작될 무렵, 심봉사가 길가 연못에 빠져 미끄러져 들어가 딱 죽을 판이었다. 이때도 그는 죽음을 웃으며 받아들이려 한다.

"그래, 이렇게 죽으면 멋있지, 암 잘 죽는 거고 말고."

어이없지만 죽음조차 뜻대로 안 되어 실패하고, 그의 인생에는 3천 석이라고 하는 큰 부채가 얹힌다. 자포자기 상황에서의 의지를 내던진 죽음 생각.

심청이가 황후가 되어 맹인 잔치를 하던 마지막 날, 말석을 차지한 심봉사에게 사령들이 다가온다. 거주 성명을 묻고 심학규로 확인되자 내전으로 모시고 들어가는데 심봉사는 불안하기 짝이 없다. 마침내 처자식이 있는지 물어보라는 심 황후의 말을 듣자마자 대성통곡을 한다.

"딸자식 팔아먹은 놈을 살려 무엇하리오, 썩 죽여주시오."

가족을 유기해 매매한 죄를 문책하려고 속임수로 잔치를 연 것이라 생각한 심봉사는 자기를 제발 죽여 달라고 악을 쓴다. 삶에 지친 나그네 인생의 면책용 죽음 생각.

아내 곽씨 부인을 따라가려던 외침에서부터 살면서 지은 죄를 속죄하기 위해 죽고 싶어 하는 마음에 이르기까지, 심봉사는 정말 죽고 싶은 삶을 살았는지 모른다.

인류의 원죄를 한 몸에 지니고 산 아담은 930살까지 살았고, 이브는 1,030살에 셋을 낳았다는데 이런저런 핑계로 죽음을 노래하던 심봉사는 눈 뜬 새 세상에서 도대체 몇 살까지나 살았을까.

참 실없는 생각들을 하며 느리분주한 찻집 시간을 내 것으로 바꾸었다. 이런 시간들이 자주 있어도 괜찮겠다.

14. 술잔과 도마

오래전부터 준조절충(樽俎折衝)이라는 어려운 말을 낚아서 보관하고 있었다. 준은 술 담는 통, 조는 고기 써는 도마를 뜻한다. 절충은 담판을 벌이거나 흥정으로 이익을 거두는 것으로 생활에서 흔히 쓰는 말이다.

전쟁판에서 피땀으로 범벅이 되는 일전을 굳이 벌이지 않고도, 고기 안주에 술잔을 기울이며 전쟁 아닌 평화를 거두어 내는 솜씨를 말하는 것이다. 적으로부터 공격을 받기 전에 미리 교섭하여 허허벌판이 아닌 따스한 방 안에서 싸움을 무마시키는 외교 전략이다.

내 책상 위에 버튼이 있다느니, 내 것이 네 것보다 더 크다느니 떠들어 대는 것이 유치해 보일지 모르지만 이 또한 준조절충을 위한 절충이다. 전쟁이 본래 힘겨루기라면 승패만 가르면 끝 아니겠는가. 이왕이면 먹고 마시며 즐겁게 전쟁을 하는 편이 좋겠다.

이때 등장하는 준조의 메뉴가 무엇일까. 본래 뜻에서는 좀 벗어나지만 단어 자체를 따라가 보면, 예나 지금이나 좋은 안주는 사람을 푸근하게 해서 대화를 매끄럽게 이어가도록 해 준다. 괴팍한 트럼프 대통령에게 아베 총리는 순수한 일식이 아닌 미국식 퓨전 음식을 대접하며 환심을 샀다. 트럼프 대통령도 김정은 위원장과 햄버거를 먹으며 협상을 하겠다고 공언한 적이 있다. 문재인 대통령은 트럼프 대통령과 식사할 때 한우 대신 미국산 소고기를 대접한 것이 기사로 뜬 적 있다. 국제 관계에서 준조가 이렇게나 중요하다.

조그마한 술잔과 도마 토막 위에서 마시고 씹으며 이야기하는, 단지 '혀끝'만으로 일을 끝장내는 짜릿한 음식 외교다. 조그마한 도마가 드넓은 대륙을 움직이고, 은은하게 부딪치는 술잔 소리가 전쟁터 대포 소리를 멈추게도 한다. 좋은 안주와 향기로운 술만으로도 역사의 바퀴가 조용히 방향을 틀게 된다.

조선 시대에는 중요한 안건이 있을 때 회의를 시작하기 전에 참석자들이 함께 따뜻하게 식사를 먼저 하고 회의는 나중에 했다는 이야기를 읽은 적이 있다. 사실인지는 잘 모르겠으나 그럴듯한 '준조절충의 지혜'다. 회의가 전쟁은 아니지만 식사 자리에서 험한 이야기를 할 수 없다. 또 식사 때의 푸근한 분위기가 회의장까지 이어질 터니 날카로운 말이 튀어나올 수가 없지 않겠는가.

그런데 무슨 일인지 요즘은 이와 반대로 하고 있다. 삿대질을 해 가며 싸움을 벌이는 회의, 그리고 그 뒤 이어지는 뒤풀이 술판. 그런데 문제는 그 뒤풀이 술판에서 언제 싸웠냐는 듯이 서로 어깨를 걸고 화해하며, 어떤 때는 연이어 야합까지도 이뤄지는 모양이다. 그래도 모자라면 또 다른 제3의 음습한 곳에서 한판을 벌인다.

어떤 고위 공직자가 이상한 곳에서 벌인 '야합의 절충' 행태가 드러나서 나도 그런가 보다 생각하게 되었다. 방송에서 걸핏하면 반복해서 보여 주는데, 언제부터 그리도 친절하게 보여 줬다고 그러는지 참 보기가 힘들었다. 협상이 복잡해지니 도마 정도로는 모자라나 보다.

15. 카레맛 명함

예전에 골목길 여행가로 유명한 분이 자기네 잡지에 나를 고정 필진으로 소개해 준 덕분에 한동안 잡지에 글을 연재한 적이 있었다. 그 글을 보고 다른 잡지에서도 연락이 와 매달 두 편의 여행 원고를 두 잡지에 게재하며 여행작가 놀이를 했었다. 팔자에 없는 필자였다.

그때 지역의 문화나 여행에 대한 노하우가 없어서 주로 지역 축제를 찾아다니며 글감을 찾았는데, 그렇게 해서 쓴 글들이 나름 좋은 반응을 얻었다. 그러다 보니 자연스레 지역 특색 음식과 음식 거리를 더 찾아다니게 되었고, 그때 제법 많은 눈요기를 했었다.

맛으로 찾는 음식점과 멋으로 찾는 음식 거리나 음식점을 함께 묶으면 지역의 브랜드가 되는 것을 자주 보았다. 요즘같이 매체들이 온통 '포식하기'로 뒤덮던 시절이 아니었으나 음식 축제가 하나둘 생기면서 지역이 음식을 체험활동으로 끌고 가려 한 것도 주효했다.

그 뒤 신문에서 본 기사 하나. 초면에 인사를 나누고 명함을 나누는데 명함을 코에다 들이밀며 준다. 코끼리도 아닌데 코에다 명함을 주는 희한한 이 요코스카(橫須賀) 시 의원은 '요코스카 해군 카레'를 홍보하는 명함을 쓴다. '카레의 거리, 요코스카'라고 새겨진 부분을 손가락으로 쓱 쓱 비비면 카레 향기가 나는 명함이다. 이 명함을 주고받으면 당연히 화제는 마이크로캡슐을 내장한 명함 이야기며, 카레 이야기로부터 시작된다.

음식 이야기에서 재료나 조리법을 스토리로 만들기가 쉽지는 않다. 원조 찾기나 발생 배경만으로 스토리를 만들면 멋이 없다. 여기에 인간미를 더해 감성에 주목하도록 하는 것이 더 멋진 접근이 아닐까.

요조스카 해군카레의 스토리텔링은 탄생 배경에 맞춰졌다. 일본인들이 즐기는 카레라이스는 인도 카레가 아니고 영국 카레. 영국 음식은 대개 소박한데 스튜가 있어서 영양 균형을 유지해 준다. 함정 생활을 하던 영국 해군들은 이 스튜가 무척 먹고 싶었는데 항해 중에는 우유 공급이 어려워 그 대용으로 고기, 감자, 양파를 넣어 카레라이스를 개발했다고 한다. 이것이 군대식으로 정착되었고, 군대에서 즐겨 먹던 군인들이 제대 후 각지에 퍼트렸다고 시 홈페이지는 전한다. 요코스카 시 '카레 의원'이 유난 떤다고 내치기에는 접근이 너무도 진중하다. 음식으로 지역 브랜드를 만들어 성공한 사례로 번번이 꼽히고 있다. 가장 큰 성공 요인은 이야깃감을 중시한 데 있다고 『음식의 지역브랜드 전략』이라는 책에서 히토츠바시 대학의 세키 미츠히로 교수는 분석한다.

이 스토리텔링에서는 음식 경쟁에서 흔히 보는 원조라거나 발생지라는 말 대신 '출발지'라는 말을 쓰고 있다. 일본 카레는 영국산이고, 그 루트는 해군이며, 제대한 군인들이 전국으로 퍼트렸음을 강조한다.

전주는 음식 마케팅이 따로 필요 없을 정도로 알려져 있다. 그래도 스토리텔링은 중요하다. 전주 음식과 관련된 스토리를 어떻게 만들까. 파한 삼아 예를 들어 만들어 보자.

나는 전주에 '콩나물국밥 데이'를 제안한 적이 있다. 9월 9일, 콩나물처럼 생긴 숫자를 보고 생각했다. 내친김에 9월 6일은 안으로 돌려 비비고 밖으로 돌려 비비는 '비빔밥 데이', 9월 11일은 숟가락과 젓가락을 본 떠 '한식 데이'로 정한다. 그래서 9월 6일부터 11일까지를 전주음식 주간으로 정해 홍보하는 것이다.

콩나물국밥 프랜차이즈로 성공한 현대옥 사장이 내 이야기를 듣고 콩나물 박물관에 내 이름을 새겼다. 그런데 그 뒤 경쟁사인 삼백집에서도 콩나물국밥 데이를 따로 만들었는데 9월 3일이란다. 3백집이라서 3인가 보다.

음식은 손맛이니만큼 주방을 키워 온 주인들을 중심으로 스토리를 만들어 보면 또 다른 재미가 있다. 남문 시장의 옛날 콩나물국밥집인 '현대옥'에는 국밥을 먹으러 갈 때 꼭 김을 사 들고 갔다. 그냥 주지 왜 번거롭게 가져오게 시키는지 주인에게 물어봤더니, 길 건너 김 장사도 함께 먹고살기 위해 그런단다. 시장 상인들의 마음이 깃들어 있었다. 그 옆에 있는 '조점례 남문피순대국밥집' 앞에서는 후식으로 식혜를 한잔 사 먹는 것이 필수 코스인데, 입가심보다도 식혜 한잔을 사 주는 공존·공생의 마음 씀씀이인 것이다.

전주 한식은 권번 기생 출신 모 씨가 처음 개발해 팔면서 유명해졌는데 그것이 바로 '행원'의 한정식이었다. 그분은 높은 소리가 안 나와 창이 어려워 기생으로 성공하지 못하자 다른 것을 찾았고, 그림도 잘 그려 국전에 내리 15회 입선할 정도였다. 번 돈은 가난한 학생들에게 장학금으로 주어 대학을 보냈고, 외국 유학까지 보내기 위해 자기 집을 팔았단다. 하지만 안타깝게도 그 음식점은 지금 카페로 바뀌어 운영되고 있다.

전주에는 그냥 백반집도 유명한데 반찬이 너무 많아 낭비라고 나무라는 손님들이 있다. 윗사람이 먹고 남은 밥상을 아래로 물려 나눠 먹는 내리사랑의 전통 때문에 일부러 반찬을 많이 한다는 이야기를 모르기 때문이다. 그래서 반찬을 남겨도 흉이 되지 않는 전통이 있다는 이야기를 말이다.

'왱이집'에서는 콩나물국밥을 먹고 난 뒤 보리 튀밥을 한 주먹씩 들고 나오면서 먹는다. 여기에는 어릴 적 가난할 제 맛나게 먹던 것을 생각해서 주인이 손님에게 맘껏 먹으라고 내놓으면서 초심을 지키려 한다는 이야기가 담겨 있다. 이에 덧붙여서 보리에는 여성호르몬이 듬뿍 들어 있어 후식으로 먹으면 예뻐진다는 이야기까지 전해 준다면 멋지지 않겠는가.

한정식집 '궁'에서는 음식 못지않게 분위기가 예술이다. 정갈한 놋그릇과 주인의 음식 이론은 물론이고, 오묘한 맛을 즐긴 뒤 벽에 걸린 한시들을 후식으로 즐길 수도 있다. 주인의 단아한 모습에 반해 어느 교수가 써 준 시구가 있고, 그 시를 본 중국 여행가가 또 한 편 써 줘 걸려 있고, 이를 보고 시장이 친필로 한마디 덧붙이고, 이에 용기를 낸 주인도 젊었을 때 지은 시를 내걸었다고 한다. 눈으로 먹고 입으로 즐기며 귀로 담아 가는 한식집 이야기다.

'전주 막걸리'는 상다리가 부러지게 차려 내는 안주가 유명하다. 전주시가 앞장서고 예술인들이 힘을 보태 주막 분위기도 멋들어지게 만들었다 하더라. 시가 나서서 품종을 개발하여 일본에까지 수출한 덕에 전주 막걸리뿐만 아니라 한국 막걸리 바람이 불게 되었다는 막걸리 거버넌스 이야기를 들었다.

과장이나 폄하가 아니라면 즐거운 상상으로 음식에 맛을 더하고 새로운 재미는 덤으로 얹어 먹는 것이다.

16. 행복한 행복行福

예전에는 의식주(衣食住)가 삶의 기본이고 모두가 소망하던 복이었다. 잘 먹고 잘살게 된 요즘에 그 순서는 주식의(住食衣)로 뒤바뀌었다. 더구나 늘어난 자동차들 덕분에 무한 이동이 가능해지고, 물류가 산업사회 경쟁력으로 중요해지면서 급기야 행주식의(行住食衣)로 삶의 기본질서가 또 하나 추가되었다. 뿐만 아니라 안전·안심·안락의 '3안 통행' 문제는 이제 생활 속에서 큰 복이다.

이제 4차 산업혁명기술이 우리 삶에 깊숙이 들어오면서 인간의 발을 대신해 주는 무인 자율주행 자동차, 드론, 하늘을 나는 1인용 접시 비행기가 등장하여 '행복(行福)한 삶'을 향한 고속질주가 착착 예약되고 있다.

그런데 정작 집 앞을 나서면 내 앞길이 무섭다. 집 앞에는 횡단보도가 있고 신호등이 있는데도 과속질주와 신호위반으로 접촉사고가 너무 빈번하다. 사람이 다칠까 봐 불안하다. 행복한 행복(行福)이 아니다. 제주도에나 가야 안전할지 원….

서울에서는 자꾸 끼어들어서 겁나고, 제주에서는 너무 빨리 달려서 겁난다는 운전자들의 불평을 들어 보면 제주도 마찬가지인가 보다. 이 뿐만이 아니다. 지방 도시들에 맘 편히 갔다가 사고로 폐차시키고 버스로 서울에 올라와 허탈해 하는 이도 있다. 또 어떤 이는 지방 결혼식에 갔다가 교통사고로 식장이 아닌 병원으로 실려 갔다고 한다. 이제 전국 어디나 교통 불안은 평준화되어 운전하기 무서운 도시들로 바뀌었다.

농경 시대에는 비가 내려도 아랑곳하지 않고 느릿느릿 걷던 조선 사람들의 성정을 보고 외국인이 이상하게 여겨 조선탐방기에 기록할 정도였건만 자동차 시대에는 보행공포 국가가 된 것인가.

세계 6위 또는 7위의 자동차 생산 대국에서 운전 버릇이 잘못되어 안전한 삶이 위협받는 것은 안타깝기 그지없는 일이다. 대형사고는 점차 줄어들고 있지만 여전히 버스, 택시 같은 대중교통이 규정 속도와 신호를 잘 지키며 여유 있게 운전하는 모습을 보기는 쉽지 않다.

그러나 운전 행태를 바꾸는 데는 많은 시간이 걸릴 터이니 우선 시급하게 작은 안전기술이라도 도입하도록 해야 한다. 본격적으로 인공지능과 빅데이터, 딥러닝 기술을 발달시켜 첨단 안전장치를 운전에 지원하도록 개발하는 작업도 별도로 꾸준히 진행되어야 한다. 다소 시간이 걸리기 때문이다.

대신 센서, 감속, 핸들, 차선유지, 전방주시 기능 등은 오래전부터 적용되었으며, 꾸준히 개발되어 온 안전운전 관련 기술은 현재 자동차에 조금씩 장착되는 중이다. 이런 기술들은 운전자의 난폭운전 감시 역할을 하여 운전자 스스로 안전운행에 주의를 기울이게 해 준다.

문제는 이러한 작은 기술들을 무시하는 운전습관이 더 위험하다는 것이다. 오래전에 개발된 졸음운전 경고, 차선위반 감지장치가 사고방지에 도움이 되고 있는데도, 일부 운전자는 위반하게 되면 들려오는 경고

신호 때문에 신경 쓰여 싫다고 한다니 생각해 볼 문제다. 누구를 위한 경고이고 누구를 위한 기술인가. 운전자의 부족한 점들을 기술로 커버해 주려는데 단지 불편하다는 이유로 안전을 방치하는 일은 남의 안전을 위해서도 묵과할 수 없다. 사고 후 사고 감지는 물론 안전응급구난 시스템도 마찬가지일 것이다.

사회적 기술인 각종 제도에서도 바뀌어야 한다. 자동차 보험, 신호체계나 도로체계 개선, 차선 분리대 증설로 안전장치를 늘려야 한다. 법규 위반에 대한 강한 패널티, 교통법규 위반 경력에 따른 자동차보험료 차등화를 실질화해야 한다. 이런 것들에 대한 수요는 예나 지금이나 마찬가지인데도 아지껏 소홀히 하는 사이에 좋지 않은 일들만 늘어나고 있다.

중대 교통법규 위반자에 대한 사면 배제도 검토해야 한다. 프랑스에서는 교통사고 관련 중대법규 위반은 사면할 수 없도록 규정하고 있다고 한다.

안전사회로 가기 위해 사회적 차원에서 효과가 입증된 작은 안전기술은 서둘러 과감히 확대해야 하지 않을까. 인공지능으로 무인 자율주행이 가능해지더라도 운전행태는 여전히 중요할 테니까 말이다. 아니 지금부터 좋은 기술을 좋게 쓰는 훈련을 해야 하지 않을까.

아무리 좋은 툴(tool)이 개발되더라도 롤(role)에 대한 인식이 자리 잡히지 않거나 룰(rule)을 소홀히 한다면 툴은 그저 툴에 그칠 뿐이다.

자동차가 늘어날수록 행복한 행복(行福)이 걱정이다. 기술이 이끄는 행복을 제대로 누려나 보자.

17. 언제나 마음은 해피엔딩

　요즘 세태에 나이를 꽉 채워 정년을 맞고 물러나는 것은 자랑거리다. 더구나 해피엔딩으로 내려올 수 있다면 당사자나 곁에서 보는 이들도 더불어 행복해지겠다. 자랑삼아 이야기하자면, 어찌 된 셈인지 나는 정년퇴임 비슷한 것을 여러 차례 했다. 학교 세미나 때 학생들이 퇴임 기념식을 열어 주었고, 학교 교수협의회에서도 송구스럽지만 꽃다발을 준비해 주셨다. 2월 마지막 날엔 제자들이 호텔을 빌려 즐거운 자리를 마련해 줬다. 그리고 학회에서 학술행사 때 뜻밖에도 감사패를 마련해 주어 퇴임 인사를 했다. 참 복도 많은 정년퇴임이다. 아주 확실하게 내보내려고 짠 것은 아닌지 모르겠다.

　제자들 앞에서 퇴임 인사를 할 때 나는 마지막 멘트로 호기를 부리면서 외쳤다.

　"나의 정년 인사는, 나에게는 정년이 없다, 바로 이 말입니다."

　'정년 없~다'고 외치는 영구 멘트는 사실 내가 그렇게 살고 싶어 외치는 자기표현이었다.

　학회 감사패를 받을 때는 후배들에게 한 가지를 진솔하게 고백했다.

　"나는 예술을 모르고 문화를 모른 채 문화정책을 떠들었습니다. 이것

이 늘 목덜미를 잡고 있었는데, 여기에서 도망치는 기분 참 좋습니다. 미
안했습니다."

정년은 이것저것 넣어서 휘휘 흔들고 꿀꺽 마시는 폭탄주 한잔 같다.
그러고는 쓰윽 입 닦고 모르는 체해도 되는 면죄부 같은 것이다. 잘했든
못했든 지지고 볶아 대던 일들을 적어도 나 스스로는 잊고 살고픈 바람
을 확인하는 현장으로 새겨 두고 싶었다.

왁자지껄 정년 무드가 한창일 때, 좋은 일 궂은일 모두 털어 넣고 폭탄
주 말듯이 휘휘 저어서 꿀꺽, 잊어버리자는 외침으로 스스로는 오히려
편안했다. 왜들 정년식이라는 이름에 관심을 가질까. 이유는 너무나 간
단하다. 무조건 해피엔딩이어야 하니까.

고전에서 본 것처럼 '자성하고 고백하면서 자리를 물러나자'고 남들에
게 말한다면 요즘 세태에서는 중죄인 취급을 받을 것이다. '하늘이시여
내가 무슨 면목으로 새 나날을 맞으리까'라고 인터넷에서 울부짖는다면
즉시 접속 장애로 이어질 것이다. '토끼처럼 뛰는 말'이 되겠다고 시작한
학교생활이었지만 역시 토끼는 토끼, 말은 말이었다고 자성의 신음소리
를 낸다면 비웃을 것이다.

금으로 화살을 만들어 과녁을 맞히겠다고 큰소리쳤는데, 금 화살은 역
시 소장용이라 말하며 슬그머니 내려놓는다면 과녁은 그대로 있는데 무
슨 변명이냐고 주먹을 날리는 사람도 나타날 것이다.

그저 담담하게 조금도 과장되거나 흥분 또는 불안해하지 않으며 한 발
짝씩 내려올 수 있었기에 행복했다. 나뿐만 아니라 우리 모두는 지금 해
피엔딩이었다고 입 맞춰야 하는 세태에 살고 있다. 혹시 만들어진 해피
엔딩 속에서라도 모두 위로받아야 하기 때문은 아닌지….

뭔가를 마무리하면서 억지로 해피엔딩을 만들기보다는 새드엔딩을 달래고 위로한다면 새 출발점이 더 개운해지지 않을까.

'그래, 그때 그 고통은 고통과 이별하는 방법을 나에게 알려줬지.'

이런 멘트로 감싼다거나 아니면,

'끝나는 것은 끝났다는 것만으로도 해피하다.'

이렇게 좀 더 크게 봐줘도 되지 않을까. 차마 말할 수 없는 것이 있었는데 입 꾹 다물고 참았다면

"그래 잘했다. 이로써 해피엔딩이다."

이렇게 자기 심장에 손가락 하트를 날리며 다음을 기약할 수 있을 것이다.

곁에 혹시 불행이 생겼는데 잘 처리하지 못한 후회의 쓰나미에 고통받은 일이 있었다면,

'그때 잘해서 그 정도로 끝난 것이다.'

라고 스스로를 위로해 주는 해피엔딩은 얼마든지 만들어도 좋다.

모두들 언제나 '마음은 해피엔딩'을 꿈꾼다. 해피엔딩이 새로운 출발점이 될 것으로 믿고 또 그렇게 되어야 하겠기에….

적어도 나에게 해당되는 것, 내 주변에서는 해피엔딩이어야 한다고 조바심을 낸다. 그래서 '절대 행복시대'에 떠 밀려가면서 나름 해피엔딩을 만들려고 기를 쓰는 것이다.

그런데 해피엔딩이 어디 영화 시나리오처럼 뜻대로 만들어지는 것이던가. 해피엔딩이라는 것은 어느 마음자리에 묶어두는 잔상일 뿐인걸….

주위에 해피엔딩보다 더 많았을지 모르는 새드엔딩에 대해서 자기 일처럼 마음 자리를 내주는 끝맺음이면 좋겠다. 같은 인간으로 태어나, 같

은 시간대에 삶을 이끌고, 한 공간이라는 조각배에 몸을 싣고 흘러가기에 그런 마음 자리는 당연한 것 아니겠는가. 시간·공간·인간의 3간을 절묘하게 공유했다는 것에 대해 감사하는 마무리로 말이다.

어느 시가 생각난다. 기쁠 때 슬픔을, 슬플 때 기쁨을 준비할 수 있는 물건을 만들어 오라고 페르시아의 왕이 명령했다. 이 명령을 받고 신하들이 머리를 쥐어짜고 있었는데, 어느 신하가 짧은 문장 한 토막이 새겨진 반지를 만들어 올렸다. 거기 새겨진 문장 우리 모두 잘 안다.

"이것 또한 지나가는 것일 뿐."

지금 우리는 이 시 한 구절만으로도 위안 받을 일이 많다. 거절하지 말고 흔쾌히 해피엔딩으로 받아들이자.

그렇다, 세상의 모든 것들은 물 흐르듯이 지나간다.

이 평범한 생각 하나만 가슴에 새겨도 머리 쥐어짜면서 일하던 자리에서 물러나 내려오는 의식은 충분하다고 본다.

다섯.
환승 레슨

1. 운명의 계단 앞에서, 허세와 헤세

"예술의 궁극적인 목적은 인생이 살 만한 가치가 있다는 것을 일깨워 주는 것."

헤세의 이 말은 예술이 인간에게 어떤 존재인가를 물을 때 멋진 답이 될 것이다. 바로 예술이 풍겨 주는 인본주의 가치이다.

굽이굽이 이어지는 삶의 고비에서 누구나 한 번쯤은, 환승 계단 앞에서 평정심을 잃고 허세를 부리곤 한다. 그리고 곧바로 공감으로 벅찬 스스로를 위로한 적 있을 것이다. 의도적이든 아니든 허세는 허세인 것을 알기 전까지는 계단을 오르는 데 힘이 되는 것은 사실이다.

바로 내가 그랬다. 정년을 하고 맨 먼저 한 일은 자서전 중간 보고서 같은 것을 쓰는 즐거움이었다. 270페이지로 써 둔 그 원고 이름은 '환승 레슨'이다.

운명의 계단 앞에서 망설이는 사람에게 좋을 법한 헤세의 시 한 편을 읽은 적이 있었다. 여분의 힘이 필요했을 때 나름대로 정리해서 한동안 책상 앞에 펼쳐 놓고 본 적이 있었다.

헤세는 말한다.

"인간은 자신의 운명을 손에 쥐고 있다. 완전히 자신의 작품이며, 자신만의 생활을 창조하지 않으면 안 된다."

　나는 이 말의 뜻을 새겨서 헤세의 시 「계단」(Stufen)을 나름대로 풀어

써 보았다.

　삶의 계단

　모든 꽃 시들 듯

　청춘도 나이 앞에는 무릎 꿇고

　모든 삶의 단계, 지혜, 미덕도

　때가 되면 피고

　언젠가는 지는 꽃.

　살다가 어디서 문득 부를 때

　당황치 말고

　또 다른 구속을 반갑게 준비하며

　이별을 해야겠지.

　모든 출발에는

　우리를 지켜 주고

　삶을 도와주는 요정이 안내한다네

　공간을 뛰어넘어

　또 다른 공간으로

휙이휙이 휘젓고
새 정신을 만나 나아가리
아늑하다 고향에 눌러 있지 말고
부디 삶을 마비시키는 일상에서 벗어나기를

죽음조차도
우리를
젊음으로
새로 태어나게 할지니

우리 삶은
새로운 터를 만들어 두고
또 불러낼 테니
찬란하게
이별하라.
그리고 건강해라.

헤세 기념관의 계단 하나하나에 그의 원본 시구가 새겨져 있다. 방문객들은 시구를 읽으며 계단을 오르고, 음미하며 삶을 생각한다. 자신이 자기 운명의 주인이라는 평범한 진리가 퍼뜩 천둥번개처럼 때린다. 여행의 감수성도 이를 도와주었을 것이다.

사랑하는 사람에게서 거리가 느껴질 때 그는 이 시의 마지막 구절이 눈가에 걸려 녹아 흘러내릴 것이다.

헤세는 예술 여러 장르를 섭렵한 종합예술가이다. 3천여 점을 그린 미술가일 뿐만 아니라 클래식의 참값을 아는 음악 애호가이다. 바흐를 너무나 좋아해 그의 음악을 자주 듣다 보니 바흐 음악이 치료에도 알맞다는 점을 발견한 적도 있다. 그리고 보니 바흐의 선율은 심장박동과 비슷한 선율이어서 사람들의 긴장을 풀어 주고 마음을 편안하게 해 준다는 것을 어디선가 읽은 적이 있어 쉽게 공감이 된다.

헤세 기념관 계단에서 볼 수 있는 글들처럼 허세를 버리고도 편안하게 다가가고 나아갈 길이 있다는 것을 받아들이는 삶의 지혜가 필요하겠다. 시간의 변주곡이 이제는 익숙하게 우리에게 다가온다. 모든 변하는 것들 가운데 홀로 변하지 않는 것, 유한한 삶과 대비되는 소중한 가치를 끝없이 사랑해야겠다.

예술이 나에게 의미 있게 다가올 때 예술은 비로소 최고의 가치를 안겨 준다. 예술의 힘이 필요할 때마다 예술을 자신에게 대입해서 용기와 힘, 의미를 찾는 데 게을리하지 않는다면 그 기쁨은 삶의 에너지가 될 것이다.

누가 뭐래도 '예술로서의 예술'을 위해 예술가들이 존재한다는 예술가 지상주의는 한편으로는 소중한 바탕 논리이지만 언제나 비판받을 여지가 있다. 다소 허세가 작열하는 부분이 있다는 말이다. 예술이 예술로서의 고유 가치만으로 사랑받으려 한다면 사랑을 주는 사람들이 제한된다. 모두에게 '모두를 위한 예술'로 사랑받으려면 또 다른 가치들과 함께해야 한다.

요즘 생활예술에 관심을 두고 있는 문화정책은 참여자들이 에너지를 온전히 받아들일 수 있게 도와주면서 생활 가까이에서 많은 부가가치를 창출하도록 해 준다. 그래서 더 많은 사랑을 받는다.

나치 집권 시절에 10년간 절필했던 헤세가 써낸 책이 바로 노벨상을 받았던 『유리알 유희』이다. 이 작업은 헤세 스스로 독에서 벗어나 '숨 쉴 수 있는 정서적 공간'을 만드는 일이었음을 고백한 바 있다. 예술이 예술가뿐만 아니라 예술 소비자들을 스스로 존재감 있는 실체로 이어 주는 '계단'인 셈이다.

허세라고는 찾아볼 수 없는 헤세의 예술세계를 삶 가까이에서 실천하면서 그의 예술세계가 새삼 더 친근하게 느껴진다.

시간이 흘러가고 세상을 보는 마음도 바뀌지만, 우리 삶에는 요정이 함께한다는 믿음으로 한 계단 한 계단 오르는 것이 삶이라 믿는다.

• 책 말미에서 나누는 이야기 •

우리 둘이는 하는 일이 서로 다르다. 먼저 쓰고 나중에 그림으로 표현했다. 다 마치고 차 한잔 나눈 이야기를 맺음말로 올린다. 서로 바빠서 겨우 시간을 냈는데, 이 책이 '시간의 흐름'이 만든 변주곡들을 담고 있다. 차 한잔에 그린 이야기를 옮긴다.

강석태 먼저 이 교수님과 함께 작업하게 되어서 의미 있고, 감사한 시간이었어요. 시간이 만들어 내는 변주곡이 추억이라는 생각이 들었어요. 어쩌면 추억은 한 개인의 역사이기도 하고, 현재의 나를 반추하고 앞으로 나아갈 방향을 가르쳐 주기도 하는 것 같아요. 이 교수님은 추억을 떠올리면 어떤 생각이 드시나요?

이흥재 역사라는 것이 과거시간에 대한 반동이자 미래시간에 대한 낙관으로 이어지는 것 같던데, 개인의 삶도 마찬가지 같아요. 돌이켜 보면, 특별하지 않게 이어지던 일상이 오히려 불안했던 젊음이 있었어요. 이십 년쯤 뒤에 어떤 일이 생길까 하는 불안보다 그때 그 침잠의 시간들이 외려 더 초조했었지요. 현실이 밋밋해서 안타까웠던가 아니면 앞길에

특별한 것이 없을 것 같은 불확실 때문이었을까, 그랬네요. 그러다가 어느덧 일상의 가치에 눈을 뜨게 되었어요. 일상의 소중함을 깨닫기보다는 무의식에서 의식으로 바뀌게 된 게 신기했어요. 그러다 보니 시간의 흐름 덕분에 놓치고 지내 온 일들이 새삼 밝히더군요.

이홍재 강 교수는 알려진 딸바보 맞죠. 하린이 이야기를 할 때면 입꼬리가 정말 귀에 가 붙어 있어요. 가족 사랑이 남다른데, 좀 털어놓으시죠.

강석태 저는 '딸의 지갑, 아버지 지갑'을 읽으면서 얼마 전 어린 제 딸아이가 했던 질문이 생각났어요. "아빠는 아빠가 없어?" "응, 아빠의 아빠는 마음속에 계시지" "아, 아빠는 속상하겠다" "괜찮아"라고 말했지만 가슴속이 텅 빈 것처럼 밀려드는 아버지의 그리움에 눈물이 날 뻔했습니다. 십 년이 지났지만 아직도 고향집에 가면 금방이라도 나오실 것만 같아요. 교수님도 이 얘기를 쓰시면서 그리움이 크셨을 것 같습니다.

강석태 저는 어린 왕자와 관련된 주제로 작품을 해 왔잖아요. 그러면서 시간의 변주곡이 들려주는 소소한 경험들을 했던 것 같습니다. 사람들마다 마음속에 하나씩의 어린 왕자가 살고 있죠. 어린 왕자를 읽었을 때의 시간과 감성의 기억을 매개하는 것이 작업의 목표이자 희망이기도 합니다. 이 교수님의 어린 왕자는 잘 지내고 있으신가요? 문화와 예술 속에서 더 자유롭게 뛰놀고 있을 것 같아요.

> **이흥재** 하하, 제 안의 어린 왕자는 이제 드디어 자유인으로 바뀌었어요. 억눌림이나 억누름이나 모두 나에게서 나온 것들이었더라고요. 여러 가지를 놓아 버리고 나니 진정 내 것이 무엇인가를 알게 되네요. 이렇게 편하고 큰 내가 있었다는 것을 알게 되었어요. 시간의 흐름 끝에 나타난 이런 변화와 더불어 상상이 줄줄이 이어지는데 그러다 보면 새삼 또렷해지는 것들이 있어요. 그래서 삶을 '시간변주곡'이라 말할 수 있었어요. 어린 왕자의 원곡보다 재미있거나 뜻깊은 뭔가를 덧붙인 채로 말이죠.

> **강석태** 이 교수님, 우리 둘은 원래 다른 책을 쓰고 그리기로 했었잖아요? 어쩌다 이 글을 먼저 쓰시는 바람에 한번 해 놓은 이야기를 주워 담을 수 없어 그림을 그려 버리고 말았어요. 보내 주신 이 글들을 읽고 글에 맞는 그림을 생각했어요. 읽고 느낀 감정, 순간적으로 떠오르는 영감을 표현하려 우선 집중했어요. 그다음으로는 글을 읽는 이의 마음으로 그려 보았고, 마지막으로 글을 이해하는 순서로 그려 보았습니다. 존경하는 교수님의 소중한 추억이 담긴 글이라서 따뜻한 느낌이 들도록 그리고 싶었어요.
저는 시간의 변주곡 이야기들이 마음속에 살고 있는 어린 왕자와 감성을 다독여 주는 따뜻한 글이라 느꼈습니다. 많은 분들이 이 이야기들에 공감하고, 시간의 변주곡으로, 추억으로 위로 받았으면 합니다.

> **이흥재** 그래요. 얼떨결에 일어난 일이지요. 이 글짓기 출발선은 남산에 있어요. 아침에 남산길을 걷는 재미가 쏠쏠해요. 계절변화가 뚜렷

237

한 이 산책길에 소소한 생각들과 손잡고 걷지요. 여기 글들이 대부분 산책길에 꼬리를 이어가던 생각들이었어요. 그냥 떠오르는 생각에 꼬리를 이어가는 편안한 '마음 굴림'이었네요. 무엇보다 강 교수님과 함께 이런 일을 한 추억이 참 좋아요.

담소하듯 쓰고 그린 책이니 크게 기대할 바는 못 된다. 계절이 바뀔 때마다 함께 식사하며 나누던 이야기들이다. 우리 두 사람의 생각들도 추억일기처럼 들쑥날쑥 알록달록하다. 그립고, 설레고, 멋지고, 다지던 생각들이다.

겨울 문턱, 2019년을 보내며

삶이 계절이라면 가을쯤 왔습니다

어느 문화정책학자가 사랑한 시간, 공간 그리고 인간

초판 1쇄 발행 2019년 12월 30일

지은이 이흥재
그린이 강석태

펴낸이 김선기
펴낸곳 (주)푸른길
출판등록 1996년 4월 12일 제16−1292호
주소 (08377) 서울시 구로구 디지털로 33길 48 대륭포스트타워 7차 1008호
전화 02−523−2907, 6942−9570~2
팩스 02−523−2951
이메일 purungilbook@naver.com
홈페이지 www.purungil.co.kr

ISBN 978−89−6291−848−9 03810

• 이 도서의 국립중앙도서관 출판예정도서목록(CIP)은 서지정보유통지원시스템 홈페이지(http://seoji.nl.go.kr)와 국가자료공동목록시스템(http://www.nl.go.kr/kolisnet)에서 이용하실 수 있습니다.(CIP제어번호: CIP2019051820)